ちゃんと待ってる

可南・さらさ

CHARADE BUNKO

二見シャレード文庫

目次
CONTENTS

イラスト――にゃおんたつね

ちゃんと待ってる

この世の中には他《ほか》にもたくさん人がいるのに、なんでたった一人を、こんなにも好きだと思うんだろう？

初めてそれに気づいたときから、この想いには行き場がないということを、ちゃんとわかっていたはずなのに。

十八年生きてきて、まさか自分と同じ男を好きになるなんて、思いもしなかった。しかも――よりにもよって、好きになった相手が悪すぎる。

大学の進学にあわせて四月に上京してきたばかりの山城智幸《やましろともゆき》と同じく、今年の新入生であり、同じ学生寮に住んでいる白河貴一《しらかわきいち》は、確かに人目を引くような綺麗《きれい》な顔立ちをしているし、背も高く、日本人離れした手足の長さが目立つ美丈夫である。

けれども貴一が入学当初から、かなりの女ったらしで不誠実なつきあいをすることは構内でも有名だったし、智幸自身それをちゃんと隣で見ていたはずだ。

なのに気づけば、どうしようもなく好きになっている。

「やっぱ、まずいよなぁ…」

小さくぼやきを漏らした智幸は、なぜだか一週間ほど前から智幸の部屋に居座るようになってしまった貴一へ、ちらと視線を向けると、目を閉じていても悔しいほどに整っているとわかるその寝顔を見つめながら、こっそりと溜《た》め息をこぼした。

三人兄弟の真ん中で、今年高校生になったばかりの弟にもまだ金がかかる実家の状況を十分承知していた智幸は、なるべく経済的に負担がかからぬようにと、上京したら学生寮に入ることを決めていた。

築二十年以上は軽く経《た》っていると思われる寮は、外見からして古かったが、一応鉄筋の三階建てだし、雨漏りがするということもない。風呂《ふろ》や食堂、洗濯場などは共同だが、六畳一間の部屋の隅には小さな洗面台とトイレ、それにシャワー室がついている。ただ給湯器の調子が年中悪いらしく、シャワーからはぬるいお湯しか出てこないため、冬場は使いものになりそうになかったが。

それでも初めて東京で一人暮らしを始める智幸にとっては、十分すぎるほどだった。

朝晩の食事が出る代わりに他はほとんど自主運営の寮は、伝統として一年の間だけ週番が二人一組でまわってくるものの、その他は先輩、後輩の区別がほとんどなく、かなり自由だというのも気に入った。週番といっても玄関周りの掃除をしたり、管理人さんに頼まれた備品の買出しなどが主な仕事で、それ自体たいしたことはないらしい。

簡単な案内をしてもらったあとで手続きを済ませ、入学式にあわせて引越ししてきた智幸が貴一と初めて会ったのは、その入寮日のことだった。

全員あわせると四十人前後はいる寮の中でも、初々しい一年の存在はなんとなく目立っていたが、その中でも貴一はひときわ人目を引いていた。夕食時、顔あわせも兼ねて順番に自己紹介をしていく中、気だるげに長めの前髪を掻《か》き上げながら名を告げた男は、ここにいるのがとてつもなく不釣合いな、ひどく整った顔立ちをしていた。

いや……目を奪われたのは、なにもその顔立ちだけではないのだが。

ぱりっとした黒いシャツに、麻のスラックスという何気ない出《い》で立《た》ちでありながら、なんとなくその男の周囲には洗練された雰囲気が漂っている。身長があるわりに、ひょろっとしたイメージを与えないのは、しっかりとした肩幅があるせいだろうか。

切れ長の黒い瞳《ひとみ》は鋭く、薄い唇や高い鼻筋など全体的に隙《すき》のない雰囲気が、なんだか雑誌の中でしか見かけないモデルのようだ。

貴一は綺麗な容貌《ようぼう》をしているといっても、どこから見ても女には見えないし、それなりに鍛えられていそうな身体《からだ》も、その低い声も、智幸などよりよほど男らしく思える。けれども漂う空気が少し陰を帯びているというか、艶《つや》っぽいというか……そういう意味では同性でありながら、傍《そば》にいるとどきどきするような不思議な雰囲気があった。

ただ、それが恋にまで繫《つな》がるものとは思ってもみなかったけれども。

智幸の所属している教育学部は、文学部などと必修科目が重なっていることもあって、比較的女生徒の割合が多い。クラスの女の子たちはみな明るく積極的で、可愛《かわい》い子ばかりが揃《そろ》っているように思う。男にしては少し線が細くて頼りない感じはあるものの、温和で明るい雰囲気が安心感を与えるのか、智幸はクラスにすぐ溶け込み、仲のいい女友達もできた。

仕送りが限られているため、自分の小遣いなどはバイトするしかなかったが、その合間をぬって飲み会に誘ってくれる友人たちとコンパもしたし、明るく素直な智幸の性格はどこに行っても好まれた。

なのに、これだけ恵まれた環境にいながら、なぜこんなことになってしまったのか、いまだもってわからない。

感情というのは、自分ではどうしようもないものだとはわかっているけれども、自分の中にいつのまにか存在していた恋心に気づいた瞬間、智幸が思わず頭を抱えたくなってしまったのも仕方がないことだろう。

たとえ貴一を想っても、報われないことはちゃんとわかっているのに。

「なぁ…」

「うわ…っ」

週番の仕事の一環として、近所のスーパーにてメモを片手に雑貨を吟味していた智幸は、迫っていた顔に思わずのけ反りそうになってしまった。

すでに見慣れたはずなのに、なんの心構えもなく突然間近で貴一の顔を見るのは、やはり心臓に悪い気がする。

「智幸？」

「いや、ええとなに？」

「柔軟剤と柔らか仕上げ洗剤はどう違うんだ？」

「あ、ああ…ええとね」

貴一の両手には、ＣＭでよく聞くメーカーの液体洗剤がそれぞれ握られている。どちらもタオルやセーターを洗濯するのに最適と書かれているため、ヘンなところで律儀な面がある貴一としては、迷ってしまうのだろう。

寮の洗濯室には、粉状の洗濯洗剤と固形石鹸《せっけん》は常備されているものの、こうした柔軟剤などはそれぞれの好みもあるので、個人の持ち込みになっている。智幸の説明を聞きながら、容器に貼《は》られた説明文を目で追っている貴一は、布団の上で難しそうな医学書を読んでいる時と同じく、真剣そのものといった表情だ。

柔軟剤ひとつ選ぶのに、そこまで真剣にならなくてもいいと思うのだが、懸命になっている貴一を見ていたらつい小さな笑みがこぼれてしまった。たかが洗濯ひとつといえども、自分で取り組もうという姿勢は、たいした進歩だ。

なにしろはじめの頃は、洗濯機の中に固形石鹸をまるごとひとつ入れていたような男なのだ。洗濯していてもなかなか溶けないどころか、すすぎが終わっても形の残っているそれを、カッターで削ろうとしていた姿を見るに見かねて手を貸してやったのが、智幸が貴一と親しくつきあうようになったきっかけだった。

それまでは智幸も、寮の他の住人同様、貴一のことをあまり快くは思っていなかった。智幸は貴一と週番で組むことになっていたのだが、貴一が寮にいること自体少なく、当番のときはほとんど智幸が一人でこなしていたようなものだったし、たまに寮にいる姿を見かけても、見知らぬ女の子が押しかけているようなことが多かった。賄いのおばさんが通いで食事を作りにきてくれる他は、年老いた管理人が一人いるだけの学生寮なので、もともとあまりうるさい規律はないものの、一応身内以外の女性は入寮不可となっている。

それでもみんな、集団レポートの作成や親睦会などとさまざまな理由をつけては、女友達や彼女を連れてきているのだけれども、貴一のように連れてきている女の子がしょっちゅう違うというのは珍しかった。

しかも学部の生徒だけでなく、たまにギョッと驚いてしまうような派手な姿をした、いかにもお水系といった女性も出入りしている。

顔良しスタイル良しな上、実家は代々歯医者を開業している金持ちで、本人も歯学部に籍を置くほどの頭脳の持ち主という、あまりにできすぎた条件だけでも目立つのに、それだけ派手な立ち居振舞いをしていれば噂《うわさ》の的になるのは仕方ない。また寮内では、新入生歓迎会だ、お花見だといろんな趣旨のもと月一ぐらいの割合で飲み会が開催されるのだが、貴一がそれに参加したためしは一度もなく、そのため『俺たちなんかとは酒も飲めないんだろうよ』と嫌味を漏らしている先輩もいるぐらいだ。

そんなわけで、寮内での貴一の評判はあまりよろしくなく、お高くとまったいけすかない男というのが定説になりつつあった。

そうした中で、智幸が貴一と親しくつきあうようになったのは、本当に偶然だった。四月の終わりからゴールデンウィークの連休に入った大学にあわせて、学生の大半が地元に帰省したか、遊びに出かけているかで、寮内はいつもと違ってシンと静まり返っていた。

智幸も連休の後半は実家に戻ろうと思っていたが、前半はバイトがぎっしりと入っている。その日もいつもどおり、バイトに出かけようとして階段を降りていたとき、ふとひどく真面目《まじめ》な顔をして洗濯室に座り込んでいる貴一の姿を見かけたのだ。

初めて会ったときから変わらない、整った横顔。ほとんど話したことがないせいかもしれないが、あまり表情を変えない貴一には、近寄り難いイメージがある。

他の寮生のように、笑ったり、騒いだりしている場面など想像がつかないし、たまに話をしている姿を見かけても、なぜだかそっけなく感じられる。だからこそ、一部の連中には『すかしている』などと言われてしまうのかもしれなかったが。

その貴一が真面目な顔でなにをしているのだろうかと、ひょいと手元を覗《のぞ》き込んだ瞬間、智幸は『?』と眉《まゆ》をひそめながら首を傾《かし》げてしまった。

「……なに、してんの?」

「この石鹸がなかなか溶けない。だから削ってる」

声をかけていいものかどうかたっぷり二分近く迷ったあと、恐る恐る声をかけてみたのだが、返されてきたその答えにガクッと智幸の肩が落ちた。

「ちゃんと溶けないから、すすぎが終わっても泡が残ってる。これじゃあ、干しても意味がない」

そりゃそうだろう。見れば貴一は丸ごと一個石鹸を放り込んだらしく、濡《ぬ》れた籠《かご》の上には洗ったばかりの洗濯物と、削りかけの石鹸がぽんと置かれている。

「なんで……粉石鹸を、使わないわけ?」

「粉石鹸?」

智幸の言葉に不思議そうな声を出しながら貴一は顔を上げたが、そこで初めてまっすぐ見返してきた貴一の瞳に、ドキリと胸が高鳴った。

うわ……。

こんなに間近で貴一を見たのは初めてだ。いい男だというのは遠目からでもわかっていたが、黒目がちの切れ長な目は深く澄んでいて、吸い込まれるような色をしていた。

同じクラスの女の子たちが学食などで貴一を見かけるたび、学部も違うというのにキャーキャー騒いでいたのもわかる気がする。

「そ、そう。これ。これならスプーン一杯でいいんだよ」

なにを見惚《みと》れているのかと、はっと我に返った智幸は、それをごまかすように慌てて洗濯機の横にある扉の中から、洗剤の箱を取り出した。ぽんと手渡すと、貴一はまじまじと手の中のそれを眺めている。

まさか、粉石鹼の存在を知らなかったわけではないだろうに。

「濡れるとしけるから、いつもはこの上の段に入れてあるんだけど。……あのさ、ちょっとコレ、広げてみていい？」

製品名とお決まりの宣伝文句のついた手の中の洗剤箱を、じっくりと観察している貴一の様子も気になるが、先ほどから濡れたまま積み上げられている洗濯物も、実はかなり気になっている。断りを入れてから広げてみると、案の定、絡みついたまま現れたそれらに、溜め息が漏れた。

仕立てのよさそうな白いシャツ、それからシーツやジーンズといったものまで一緒くたにされている。

「こういうのさ、白いものと色ものを一緒に洗うと色落ちするよ？　特にジーンズなんか…ああ、ほらシーツがなんか青くなってない？」

説明しながら広げてみせると、貴一は『なるほど』と頷《うなず》きながら問題のシーツを手にとった。

もしかして、本気でわかっていなかったのだろうか？

「うわ…っ、ちょっと待って！」

「なんだ？」

「なにも捨てなくってもいいだろ。漂白すればいいだけの話なんだし！」

濡れたシーツを丸めて、傍にあったポリバケツに投げ入れようとした腕を、慌てて掴《つか》む。

どう見てもまだ新しいそれを、『色がちょっと移ったくらいで、捨てるなんて勿体《もったい》ない』と怒鳴りつけてから、はっと気がついた。

貧乏性が身についている智幸は仕方ないとしても、お坊ちゃま育ちだという貴一には、余計なお世話だったかもしれないとビクビクしながらその顔を窺《うかが》ったが、貴一は顎《あご》に手を置いたまま『漂白…』と呟《つぶや》いている。どうやらそれも、彼にとっては未知の存在だったらしい。

まったくこの男は、本当にどこの生まれの王子様だというのだろう。

こんな状態で、よくこのボロい寮の中で生活しようなどと思ったものだ。

「……あのさ、聞いてもいい？　おせっかいかもしれないけど、いままではどうしてたわけ？　まさか毎回石鹸を削ってたわけじゃないんだろ？」

入寮してからすでに一ヶ月近くが経っているのだから、嫌でも洗濯する機会ぐらいはあったはずだ。それまではどうしていたのかといぶかしみつつ尋ねてみたのだが、貴一の言葉は実にあっさりしたものだった。

「そういえば……ここを使うのは初めてだな。いままではクリーニングか、もしくは知りあいがやってくれてたから」

なるほど。そういえば貴一の着ている服は、いつもぴっしりとアイロンのかかったものが多かった。もともと家事が得意で実家では重宝がられていた智幸も、一応アイロンを持ち込んではいたが、男ばかりの寮でちゃんとアイロンのきいたシャツを着ている者のほうが少ないのは、仕方ないことだろう。

「知りあいって…友達に洗濯を頼んでるの？」

「いや、別に頼んだ覚えはない。みんな自分からやりたがって、勝手に家に持ち帰ってはまた持ってくる」

その言葉でようやくピンときた。考えてみればすぐわかることなのに、本気で尋ねてしまった自分を少しだけ恥ずかしく思う。

確かにいつも貴一の周りには、いろんな女の子が張りついているのだし、なにも言わなくても、彼女たちが世話を焼いてくれているのだろう。しかし、そうした女の子たちの好意をどこか当然のような顔で受け止めているくせに、『周りが勝手にやってるだけだ』と言いきる貴一に、カチンとなった。

「……あのさ。こういうのもおせっかいだとは思うんだけど。ここは一応自活を目的とした寮だよ？　自分の身の周りのことぐらいは自分でできなきゃ、困るんじゃないの？　それができないんなら、なんで寮なんか入ったんだよ」

噂どおり貴一がお金持ちのお坊ちゃんなら、なにもわざわざこんなボロい寮に入らなくってもよさそうなはずだ。それにプライバシーは干渉しないと決まっているものの、集団で生活するならばそれなりに協力しなくてはならない部分もあるだろう。寮なんていわば、大きな家族のようなものなのだから。

「週番のことだって、忙しくてあまり寮にいられないならそれはそれで仕方ないと思うけどさ、せめて『できそうにないから』って一声かけてくれてもいいと思うんだけど…」

別にたいした仕事はしていないのだから構わないと思っていたはずなのに、ついいままでの恨み言まで出てきてしまう。まだ一般教養の授業しかない教育学部とは違って、歯学部は一年でも学科からして大変だという話を聞いていたために、これまで貴一がいなくても仕方ないと思っていたのだが、こんなふうに人の好意にあぐらをかいて平気でいるような男なのかと思ったら、がっかりしてしまった。

「そうか。俺は山城と組になってるんだな」

しかし、いま気がついたというような貴一の言葉に、目をぱちくりとさせてしまう。真顔で答えているその様子からは、しらばっくれているようにも思えない。

それにどこにいても目立つ貴一みたいな男ならともかく、ほとんど顔をあわせたことのない自分の名前を貴一が知っているとは、驚きだった。

「当番の話はそれとなく聞いていたんだけど、いつまでもまわってこないからおかしいとは思ってたんだ」

「……あ、れ？　当番の札とか、仕事内容について書かれたカードとかまわってこなかった？」

尋ねる智幸の言葉に、貴一は小さく肩を竦《すく》めてみせただけだった。

どうやら、週番の内容すら知らされていないと知って少なからず衝撃を受ける。智幸に説明をしてくれたのは、貴一の上の部屋にいる清和《せいわ》という二年の先輩で、そういえば確か彼は、貴一のことを快く思っていなかったことを思い出した。

もしかして、気に食わないから無視されたとか、そういうことなのだろうか。

嫌な予感が一瞬頭をよぎったが、まさか本人を前にしてそれを聞くわけにもいかない。しかも、事情もよく知らずに愚痴ってしまったあとなのだ。

しかし、思わず申しわけなさそうな顔をしてしまった智幸の前で、貴一は少し口端を歪《ゆが》めてニヤリと笑うと、気にするなというように智幸の頭をぽんぽんと叩《たた》いてみせた。

皮肉げな笑い方とはいえ、初めて見た貴一の笑顔とその仕草に思わずびっくりしてしまい、ついでカーッと顔が赤くなる。

な、なんで自分は、こんなに過剰反応しているんだろうか。

「山城は…思ったことがすぐ顔に出るんだな」

「え、ええっ？」

面白そうな顔でまじまじと見つめられて、ずささと後ずさる。なんだかからかわれているような気もしなくもないが、お高くとまっていると思われていた貴一の意外な一面を垣間見《かいま》た気がして、そう思うと智幸はますます自分の顔が赤らむのがわかった。

「あ、あの…っ、と、ともかくさ…っ、俺の部屋にある漂白剤持ってくるから。それまでここにある洗濯物、白いものと色ものに分けといてよ」

その場を取り繕うように洗濯物の山を指差すと、智幸は慌てて洗濯室から飛び出した。えらそうなことばかり言ってしまったお詫《わ》びというわけではないが、それくらいならば手助けをしても構わないだろう。

「ああ、そうだ。山城」

「は、はいっ？」

けれども、後ろから呼び止める声にびくりと身体が強張《こわば》る。いまさらながら『余計なお世話だ』とでも言われるのかと思ったが、その予想に反して貴一の口からこぼれた言葉は、とても素直で暖かさに満ちたものだった。

「悪かったな、気づかなくて。今度当番のときは、ちゃんと声をかけてくれ」

「……わ、わかった」

小さく頭を下げられてぎょっとなった智幸は、頷くだけが精一杯という状態のまま、くるりと向きを変えるといま降りてきたばかりの階段を急いで駆け上がった。

びっくりした。それと同時に、勝手な思い込みをしていた自分を恥ずかしく思った。

普段の近寄り難い雰囲気から、勝手に気位が高そうな男だと決めつけていた。まさかあんなふうに、自分の非を認めて謝るとは思いもしなかったのだ。しかも、週番の件については貴一ばかりのせいだとは思えないのに。

本当に、びっくりした。たかが二階までの階段を往復しただけなのに、やけに心臓がドキドキしていたのは、たぶんそのせいなのだろう。

以来、約束どおり貴一は週番がまわってくると手伝ってくれるし、週番のときじゃなくてもちょこちょこと親しい会話をかわすようになった。理系のくせに英語が得意な貴一に、課題を教えてもらったり、いつのまにか名前で呼びあうようにもなって、いまでは休日ともなると、学部の友達などより一緒にいることが多くなってしまったくらいだ。

とっつきにくくて、無表情というイメージしかなかった貴一だったが、話してみると、意外に話しやすいことも知った。ただ、自分から積極的に話しかけたりしないタイプなので、敬遠されるまま寮でも誤解され続けていたらしい。

どちらかというと大学の女の子たちのほうが、貴一に積極的に話しかけてくる分、彼については寮の先輩たちよりよくわかっているのかもしれなかった。

飲み会に参加しなかった理由も、聞いてみればただ酒が飲めないというだけのことで、特にお高くとまっているわけでもなんでもなかったのだが、その断り方がまずかったのだろう。飲めなくても、三回に一回ぐらいは顔だけ出して、ジュースで乾杯でもしておけばここまで波風立たなかっただろうに。そんな面からみても、貴一は案外不器用な男なんだということもわかってきた。

ただ、女の子とのつきあいに関しては、本当に節操がないらしい。来る者拒まず、去る者追わずのその姿勢は、見た目がよくて手っ取り早く遊んでくれる男として、学内でも浸透しつつある。そのせいでやっかみ半分の寮の先輩たちから、冷たい目で見られているというのに、本人はまったく気にしていないようだ。

まぁ、貴一ほどの男ならば周りが放っておかないというのもわかるけれども、この件に関しては、智幸も頭を痛めているところだ。

以前、智幸が貴一の部屋へ遊びに出かけていったところ、ちょうど終わったばかりという感じの貴一と半裸の女の子に、ばったり出くわしてしまったこともあった。

慌てて『ごめん』と謝りながら廊下へ飛び出した智幸に対して、見られた貴一本人は実にれたトイレットペーパーの前で腰をかがめている。
智幸の苦悩など気づいていないのか、貴一は『お一人様一個限り』と黄色いチラシに書か
「智幸、これ一人ずつ並んだほうがいいんじゃないか？」
あっけらかんとしていたが。

「ああ…うん。せっかくの特売だしね。山本《やまもと》さんじゃ持って帰れないだろうし…」

寮の管理人をしている山本は、早くに奥さんをなくしてから、管理人業をのんびり始めたという気のいいおじいさんだが、持病の腰痛があって重いものは持たせられない。そのためこうして週番が備品の買出しなどを手伝っているわけなのだが、なんとなく貴一に特売のトイレットペーパーを持たせるのは気が引けた。

先ほどから夕飯の買出しをしているらしいおば様たちの視線が、ちらちらと気になっている。若くていい男が、洗剤や特売のトイレットペーパーの前で真剣に悩んでいるのだから、注目されて当然だろう。

しかし本人は相変わらずマイペースで、智幸にひとつ、自分でひとつ目的の品を持つと、智幸の持つメモを覗き込みながら次の売り場へと移動していった。

貴一が颯爽《さつそう》と歩くと、たとえその手に握られているのがお徳用十二個入りトイレットペーパーだとしても、妙に様になる。顔やスタイルがいいというのはもちろんだが、着ているものもなんの変哲もない黒いTシャツだというのに、なぜだか目を引くのだ。

首から下がっているダイバーズブランドの銀のチョーカーとか、シンプルだけどスタイリッシュな腕時計とか、ちょっとした小物がお洒落《しゃれ》に見せているせいもあるかもしれないけれど、なんというか本人から立ち上る凛《りん》としたオーラとかが、ぴんと伸びた背筋とかが、すごく綺麗だと思う。

そう感じるのも、自分が彼に惹《ひ》かれているからなのかもしれなかったが。

それに……智幸の前でたまに見せてくれる、はにかんだような微笑《ほほえ》み。

普段はけっこう無表情で通している貴一が、親しい者の前だけで漏らす、ささやかな笑顔。

それが智幸を、泣きたいくらい幸せにしてくれるのだ。そんなのは、ただの自己満足だということも、わかっているけれど。

「智幸、それ貸せよ」

「え、いいよ。そんな二つも…」

「いいって。そっちも重いんだから、落とすなよ」

言いながら、レジの袋にはとうてい入りきらないトイレットペーパーを両手に抱えて、貴一はさっさと店を出ていってしまった。智幸が慌てて残りの雑貨をポリ袋に詰めて店を出ると、その先でちゃんと待っていてくれる。

こういうさりげない気遣いが、貴一の優しさなんだろうと思う。

もしもこの男に、こんなふうに優しくされたら、女の子たちはひとたまりもないだろう。しかし実際は、女の子たちとのつきあいは軽い遊びと割りきっているためか、貴一が彼女たちに優しくしているところをあまり見たことはないのだが。

また相手が寮の先輩であろうとなんだろうと、自分が気に食わない人間にはちらとも気遣いのかけらも見せないために、ますます生意気だ、気に食わないと陰口を叩かれているというのに、本人は気にした様子もない。

そのくせこうして、いったん自分が気を許した相手には平気で優しくするのだから、余計始末が悪いのだ。

自分だけはもしかしたら特別なんじゃないだろうかなんて、儚《はかな》い希望を抱いてしまいたくなる。

「智幸…？　そっちも重いのか？」

「いや、平気。それより早く帰ろうよ。なんだか俺すげー、腹減ってるみたい」

突然黙り込んでしまった友人を気遣ってくれる貴一へ、わざと明るくにこっと笑い返すと、智幸は足早に寮への道を急いだ。

貴一は男で、自分も男で。

貴一の周りにはいつも可愛い女の子たちがいて、みんな彼の特別になりたいと願っている。もしも智幸が女の子だったとしても、彼の一番になるのは難しかっただろう。なんでも気安く話せる友人だからこそ、貴一は智幸に気を許してくれているのだ。

どちらにせよ、この恋は諦《あきら》めるしかない。

そんなこと、初めから嫌というほどわかっているのに、それでもふっきれない自分の諦めの悪さに、智幸は隣を歩く男に気づかれぬようこっそりと溜め息をついた。


「智幸は相変わらず、貴一のお母さんやってるんだ？」

「京一郎《きよういちろう》先輩。……またそういうことを……」

夕食時、賄いのおばさんを手伝ってテーブルを拭《ふ》いたり、麦茶の入ったやかんを集めたりしていた智幸は、いつもの定位置でのほほんとお茶をすすっている清水《しみず》京一郎に声をかけられ、振り返った。

京一郎は文学部に所属している四年生で、この寮で寮長を任せられている。しかし寮自体がほとんど自主運営なため、寮長といっても新しい入寮者の部屋を決めたり、寮内で学生同士なにか揉《も》め事があったときに仲裁に入ったりと、実務内容はほとんど雑用ばかりで、実権もなにもないらしいのだが。

いつもにこにことしているわりに、けっこう厳しいことも平気で口にする人だが、それでも笑うとなくなりそうに細くなる目や、どこかゆったりとした雰囲気が落ちつくのか、京一郎は寮生の中でも頼りにされている存在だった。

特に入寮したての一年の中には、ホームシックにかかったり、なれない集団生活にストレスを感じる者も多いようで、そんなときの相談役としてかなり重宝がられている。京一郎のほうも自分の役割を心得ているのか、一年の鬱憤《うつぷん》にただにっこり笑って『うん、うん』と聞いてやっているだけなのだが、それだけでけっこうみんな落ちつくようだった。

智幸もなぜだかこの人には弱く、なんだかんだと言いつつも、こっそり愚痴を聞いてもらったりしている。

「がはは、でもホントそんな感じ。いいねー、こんなに可愛くて優しそうなおかーさんなら。俺も一匹欲しい」

京一郎の横から腕を伸ばして、智幸の髪をぐちゃぐちゃと撫《な》でまわしながら陽気に笑ってみせるのは、智幸と同じ教育学部の二年生である滝田修正《たきたしゆうせい》だ。寮での飲み会は必ずこの人が中心に関《かか》わっているといわれるほどのお祭り好きで、バイトと遊びに明け暮れて単位を落としまくり、二年生は今年で二回目というツワモノである。

まるで水と油のような二人なのだが、これはこれでけっこう馬があうらしく、先輩後輩関係なくよくともに行動している。といっても、お調子者の修正を京一郎が諌《いさ》めているといった関係が一番近いのかもしれないが。

お調子者ではあるが、人を笑わせるのと巻き込むのが得意という修正も、京一郎とはまた違った意味で人気が高く、けっこう頼りにされている。それを逆手にとって、歴代の先輩たちのレポートをコピーしたものを、寮生に安く売りさばいているというのも、修正のちゃっかりとした一面だろう。

そんな二人が智幸のどこを気に入ったのかは知らないが、特に可愛がってくれているのは確かだ。また同じ一年でありながら、周囲にあまり溶け込もうとしない貴一のことも、それなりに気にかけてくれているようだった。

「最近は、貴一も自分でほとんどやってますよ？　へたにケンカを売ったりしてないですし…」

「ああ、アイツもねー。そうじゃなくても嫌みったらしい顔と身体してんだから、殊勝な態度でもとって、おとなしくしときゃあいいものを、自分から敵つくりまくってるからな。そりゃ、清和だってつい突っかかりたくもなるわ」

ふふんと鼻で笑いながら、問題の人物の名前を出した修正に智幸も苦笑いをこぼした。

「だからって…ああいうやり方はまずいと思いますけど」

初めの頃から、なにかと貴一に突っかかっていた一つ年上の清和亮太《りょうた》は、貴一にだけ週番の申し送りをしなかったり、飲み会に誘っても出てこないのを『女とイチャついてるほうがいいって聞いた』などと吹聴《ふいちょう》したりと、わざと貴一が寮で浮いていくように仕向けていたのだ。

貴一がそれで困った顔でもしてれば、してやったりというところだったのだろうが、あれでかなり図太いところのある貴一はいっこうに応《こた》えた様子はなく、落ち込むどころかまったくそれを気にかけていなかった。その飄々《ひょうひょう》とした態度がますます清和のむかつきに拍車をかけたのだろう。次第にエスカレートする嫌がらせに、とうとう堪忍袋の緒が切れたのは智幸のほうが先だった。

夕食を終えた食堂で、何人かの寮生とともにテレビを見ている清和を見つけた智幸は、すたすたと歩み寄るといくぶん怒りを抑えた声で話しかけた。

「清和先輩、貴一のことなんですけど……、大切な連絡を伝えないで放っとくなんて、ちょっとひどくないですか？」

すでに提出したはずの課題がなくなった件について、学校側からなるべく早く研究室に顔を出すよう貴一に連絡が入っていたのにもかかわらず、管理人の山本から言付かったその伝言を、清和が握りつぶしたと知ったときはさすがに黙ってなどいられなかった。

おかげで貴一は呼び出しを無視した形になってしまい、迷惑をかけた助教授に詫びをいれただけでなく、なくなったレポートを三日もかけて、もう一度書き直す羽目に陥ったのだ。

しかし憤る智幸に対して、清和はニヤニヤと笑っているだけでどこ吹く風といった様子である。

くず入れ

　ここまでくると、疑ってはいけないと思いつつも、もしかしてレポートがなくなったこと自体も、清和が絡んでいるのではないかと思ってしまう。だいたい、あれだけ歯学部の学生がいるのに、貴一のだけがなくなったというのもおかしすぎる。

「だから、それは悪かったって謝ったぜ？　ただ単に伝え忘れただけだろ」

　ちっとも悪びれずそんなことを口にする男に、さすがの智幸もカチンときた。もともと人と争うのは苦手だし、先輩だからと一歩引いていたにもかかわらず、この男からはまったく反省の色は見られない。この分では貴一には一応頭を下げたという清和の話も、どこまで本当かわかったものではない。

「貴一になにか言いたいことがあるなら、面と向かって言ったらいいでしょう！　こんな陰でこそこそするやり方、男らしくないです」

「おいおい…、それじゃまるで俺が悪者みたいじゃん。だいたい山城がそんなにムキになることじゃないだろ？　なくなったのはお前のレポートじゃないんだしさぁ。あ、でももし山城のレポートがなくなったんだったら、俺だってちゃーんと探してやるよ？」

　言いながらグイと摑まれた腕が軋《きし》んで、痛んだ。どうやらこれまで、おとなしくて素直な後輩だと思っていた智幸に食ってかかられたのが、悔しかったらしい。笑いながらぎりぎりと力をこめていく清和は、自分より弱いものをいたぶってやりたいという醜悪な欲望を隠そうともせず、にやにやと笑っていた。

こんなにねちねちとした性格をしているわりに、清和という男は柔道バカで、体格はいいし、力も強い。いくら線が細くても智幸とて同じ男なのだから、それなりに力はあるはずなのだが、清和とでは比べものにもならなかった。

しかし、突然その手を叩き落されてびっくりする。急に腕を引っ張られた形になった智幸もそれなりの衝撃を感じたが、関節のあたりを強く叩き落された清和は、低いうめき声をあげると手首を押えながらその場に蹲《うずくま》った。

「けっこうです。筋肉しか詰まってなさそうな脳で探されても、時間の無駄だ」

「白河…てめぇ……」

智幸が清和と揉めていることを誰《だれ》かから聞きつけたのか、いつのまにか現れた貴一が、智幸の手から清和の手を叩き落すと、すっと庇《かば》うようにして立ちふさがったのにはびっくりした。

「貴一…あの…」

「バカだな。こういう手合いは放っておくのが一番いいんだ。だいたい幼稚園児並みの嫌がらせしか思い浮かばないような、ひねりのない相手になにかされたところで、痛くも痒《かゆ》くもない。面と向かって突っかかってこない分、相手をしなくて済んで助かってるぐらいだぞ」

智幸の腕の具合を確かめた貴一は、赤くなっているそこを見つけて眉を寄せると、その部分を摩《さす》りながら清和にも聞こえる声で辛辣《しんらつ》な言葉を平然と言い放った。

「こここっ、この、ふ、ふざけるなっ！」

これまでの嫌がらせに黙っていたのは、別に清和を恐れていたからでも、年上だから譲っていたからでもなくて、ただ相手をするのがバカらしかっただけだと告げる貴一の言葉は、清和の神経を逆撫でするには十分だったようだ。その上で、幼稚園児並みだと評価されたのだから、黙ってなどいられないのだろう。

しかし貴一は怒りと羞恥《しゅうち》で真っ赤になっている清和をちらと見やると、これまた畳みかけるように口を開いた。

「ああ……成長してないんじゃなくて、筋肉に変わったんでしたっけ。どうもすみません、間違えました。どうりで物忘れが激しいわけですね」

言い直すついでに、伝言を伝え忘れたことに対する嫌味まできっちり上乗せすると、貴一は人を小バカにしたようなニヤリとした嘲笑《ちょうしょう》を浮かべてみせた。それがまた、嫌なくらい様になっているのだから、ハラハラと成り行きを見守っていた周囲とともども、一瞬シンと静まり返ってしまう。

清和の顔は真っ赤を通り越して、すでにどす黒く変化している。食堂に残っている生徒は少なかったものの、衆人の前でここまでバカにされたのだから、彼の歪んだプライドからすれば許せないに違いない。

「クソ…っ！」

飛びかかり、胸倉を掴もうとした腕を貴一がひょいとよける。それでも清和は貴一を捕まえて叩きのめすことを諦めてはいないらしく、食堂の椅子《いす》を蹴《け》り倒して身構えた。

まさに一触即発という危機を回避できたのは、騒ぎを聞きつけてやってきた京一郎と修正のおかげだ。怒り狂う清和を宥《なだ》め、なんとかその場から引き下がらせてくれたのだ。

しかし乱闘は食い止めたものの、清和の恨みはますます深くなったようで、貴一の顔を見れば突っかかってくるのはもちろんのこと、執拗《しつよう》な嫌がらせはしばらく続いた。

貴一の部屋が清和の真下だったのも、いけなかったのだろう。清和はわざと貴一が寝静まる頃を狙《ねら》って、激しく物音を立てたり、音楽をかけたりしはじめたのだ。

隣室の壁越しの音については、それなりに配慮されて建てられているようだが、さすがに上下の音はかなり響く。通風孔が同じことも災いして、その嫌がらせはムカつくことにこれまでの中で一番、功を奏していた。

さすがの貴一も寝不足には応えるものがあったらしく、自前の毛布や枕《まくら》とともに勉強道具一式を持ち込み、智幸の部屋に逃げ込んできたのだが、あれからすでに十日近く経つ。

「その後どう？　まだ騒音は続いてるみたい？」

「いえ、先輩たちが注意してくれてからは、だいぶ減ったみたいです。でもなんか貴一の奴、こっちの部屋に居ついちゃって……」

ただでさえ六畳の狭い部屋に、男二人で寝起きしているのだ。狭苦しいことこの上ないと思うのだが、貴一はなぜか居心地がいいらしく、妙に居座ってしまっている。

別に智幸とて、貴一と一緒に過ごすのは悪い気分ではない。それどころか、こういうときに誰か知らない女の子ではなく、自分を頼ってくれたことを嬉《うれ》しく感じている。

ただ……片思いの相手と、四六時中一緒にいることは、多くの喜びがあるのと同時に、それと同じくらいの苦しみもあるのだということも、思い知らされたけれども。

いつかはちゃんと、諦めなくちゃならない想いだということは、嫌というほどわかっているから。

「だから、乳離れできてないっていうんだよなー。あいつ変に気取ってるくせに、甘えたがりだろ？　そういうところが、余計に女の子の母性本能くすぐるのかねぇ。『貴一君、カワイイー』なんて」

修正の言葉にドキリとした。さすがに人を巻き込むのが得意というだけあって、修正は京一郎に負けず劣らず、人間観察が鋭い。

智幸も一緒に生活するようになって初めて知ったのだが、貴一はあっさりしているようでいて、変にスキンシップを好むようなところがある。

もちろん、あのガードの固い貴一のことだ。誰にでもというわけではないのだろう。寝ているはずの女の子とだって、普段は腕どころか、手も繋がせないと有名なぐらいだ。なのに『そのつれないところがまたいいの』と騒ぐ女の子の気持ちは、智幸にはちょっと理解できそうになかったが。

スキンシップといっても、部屋で一緒にテレビを見ていると背中を寄りかからせてきたりとか、本を読みながら膝《ひざ》の上に頭を置いてきたりとか、そんな程度のものなのだけれど。

それでもはっきりいって、こういうのは拷問に近い。こっちだけ、その手のひらに恋心を抱いている身としては。

その指先とか、唇とか。間近にあって、間近じゃない。しかも本人は無自覚でやってくるからなおさら、たちが悪いのだ。

「どこか不安定だからね、あの男は。ああいうのを、社会不適合者っていうんだろうな」

目を細めて穏やかな笑みを浮かべながら、平然と冷徹な評価を下す京一郎に、思わず口許《くちもと》がひきつった。

「ひどい言われようですね…」

「ははは一。でも確かに貴一って、それだよな。人とうまく接することができないのを、顔と頭の良さでうまく隠してる感じ」

類は友を呼ぶのか、これまた笑いながら辛辣《しんらつ》なことを言い放つ修正に、智幸も力なくははと笑うしかなかった。

しかし、麻雀《マージャン》仲間に呼ばれた修正が席を立ち、二人きりになってしまうと、それまで静かな笑みを浮かべていた京一郎は、じっと智幸を見つめてきた。

「な、なんですか？　もう…怖いな」

こういうときの京一郎は、けっこう本気で怖い。笑いながら、平気で人の核心を突いてくるのだ。

「そろそろ辛《つら》くなってない？」

そうしてやはりその予想どおり、突きつけられたシンプルでわかりやすすぎる問いに、智幸は声を詰まらせる。

「……先輩には、敵《かな》わないなぁ。もう…」

言いながら視線を逸《そ》らした智幸は、そのままそっと手で隠すように両目を覆った。

京一郎には、なぜか貴一への恋心を知られてしまっている。

自分でもまだうっすらとしかそれを自覚していなかった頃、突然指摘されたそれに、一瞬息が止まりそうになったことがあった。気づいたら『まずい』と思ったからこそ、わざと気づかないふりをしていたのに。

いや、本当はとっくにその恋には気づいてて、ただ逃げていたかっただけなのかもしれないけれど。

「やめようとは…ずっと思ってんですけどね…」

貴一と、一緒に過ごす毎日。それだけで、当たり前の日々には小さな発見と、信じられないくらいの幸福感がついてくる。

朝、食事中に貴一があまり話さないのは、本当はひどい低血圧で意識が朦朧《もうろう》としているからだとか。仰向けでなく、横向きで寝ないと寝たような気がしないと、子供みたいなことを漏らしていたことだとか。糊《のり》の利いたシーツのぱりぱり感が嫌で、智幸に勧められて使った柔軟剤をひどく気に入り、愛用していることだとか。

そんなふうに笑っちゃうくらいに些細《ささい》で、なんでもない日常の積み重ねが、ひどく愛《いと》しい。

貴一の新しい一面を見つけるたび、どんどん好きになっている自分に気づく。さらに苦しくなると知っていながら。

このまま早く出ていって欲しいと思うのと同時に、ずっと傍にいて欲しいと願う気持ちがある。貴一にはいつも笑っていて欲しいと思うのに、このまま清和の嫌がらせが続けば、まだしばらくは傍にいられるのかもしれないと、そんなひどいことを考えてしまう心が、どこかにあるのだ。

行き場のない、相反した想い。自分がこんな醜いことを考えているなんて、きっと貴一は知らない。

「やめる必要はないんじゃないか？　それこそ自分の気持ちは自由だろ？」

「そうは言いますけどね、あの女たらしが相手なんですよ？　まかり間違ってもこっちにまで順番がまわってくるとは思えませんし…」

優しいことを言ってくれる京一郎の言葉に、思わずぐらりと傾きそうになる心を抑えたくて、わざと冗談っぽく茶化してしまう。そうじゃなければ、やってられない。

「そうか？　俺は…けっこう見込みあると思うけどな。智幸にだけ甘えてるのがいい証拠だろ？」

「それは……アイツ、淋《さび》しいから」

智幸や京一郎にも窘《たしな》められて、最近は片っ端から女の子とつきあうのはさすがに自粛しているようだが、その分無意識にスキンシップを求めてくるのがいい例だ。貴一から声をかけたりしないものの、迫ってくる女の子と貴一が次々つきあうのは、淋しいからなんじゃないかと智幸は思っている。決して本人は認めやしないだろうけど。

もてるわりに、どれも長続きしないのは、貴一の見た目だけで近寄ってくる子が多いからかもしれないが、初めから貴一が割り切ったつきあいしかしないせいもあるだろう。

貴一はなぜだか、あまり人を信用していないようなところがある。そのくせやはり一人は淋しいらしくて、誘われればそのまま寝てしまうのだ。

その点では、智幸とは正反対だった。智幸ならその場限りの関係は、かえって淋しいと思ってしまう。

もし恋愛をするなら、たった一人大事にしたいと思える相手と、真剣に向きあってつきあいたい。

いまどき古くさいと言われようとも、智幸はそんな信念をもっていたし、実際高校の頃つきあっていた彼女のことは、本気で一生大事にしようと思うくらい好きだった。それもいろいろあって結局は二年ともたずに終わってしまったのだが、あのとき本気でそう思っていたことを後悔はしていない。

真剣に好きだった分、別れるときはやはり苦しかった。地元の大学ではなく、都内の大学を進学先に選んでしまったのはそのせいもあったかもしれない。

それから一年間、真面目に受験勉強に取り組み、無事希望大学へと合格し、心機一転を計ろうと思っていた矢先、この恋心は突然やってきたのだ。

まるで、本当に降って湧《わ》いたように。

「智幸！」

そんな智幸の気持ちを見透かしているかのように、突然食堂の入り口から聞きなれた声がして飛び上がる。恐る恐る振り返ると、噂の人物が腕を組んで立っていた。

「ビデオ見るんじゃなかったのか？　いつまでなにしてる？」

今夜は貴一がレンタルしてきた洋画を、一緒に見ることになっていた。いつまでも食堂から戻ってこない智幸を気にして、どうやら迎えにきたらしい。

なぜだか刺々《とげとげ》しい声音に、ビクリと身体が強張ってしまう。いままで京一郎と話していた会話を貴一に聞かれてしまったわけではないのに、さすがに本人を前にするとなんとなく気後れしてしまうのは仕方ない。

そんな智幸を敏感に察知したのか、珍しく不機嫌そうな顔で貴一はずかずかと食堂へ足を踏み入れると、ボーッと突っ立っている智幸の手をぐいと掴んだ。

「もう話はいいですよね。もらって帰ります」

「はいはい、お気をつけて」

妙に挑発的な貴一へ、それでも気分を害したふうもなく京一郎はにっこり笑って、見送ってくれる。ずんずんと先をいく貴一には見えない角度で、智幸に『頑張れ』と手を振ってくれた京一郎に、智幸はちょっと泣きたくなりながらも小さく笑った。

いつまで経っても苦しくて、『もうやめよう』と何度思ったかしれないのに、腕を強く引いていくこの手が、もしも自分だけのものだったら……と、そんなことを考えてしまう自分は、やっぱり愚かなんだろう。


「なに、あの男と話してたんだ？」

「あの男って…京一郎先輩は寮長だろ」

他の寮生と揉《も》め事を起こすたび、京一郎に『どうせなら、もう少しうまく立ちまわれ』など忠告を受けているせいか、貴一は彼に関してあまりいい感情をもってないらしい。京一郎が関わると、よくこうして子供みたいにぴりぴりすることがある。

「寮長と話し込むほど、なにか困ったことでもあるのか?」

こういうときばかり変に鋭い貴一に、根が素直な智幸はうっと言葉を詰まらせた。まさか当の本人に、『お前との恋愛相談を受けてました』などと、言えるはずもない。

「えっと……ほら、明日から俺帰省するだろ? そのことでさ…。ばあちゃんの容態も一応知らせとかなくちゃならなかったし」

「ああ…そうか」

しどろもどろの説明で納得してくれたのかは怪しかったものの、その件については貴一も気にかけてくれていたようで、小さく頷いてくれた。

もともと心臓が悪くて通院していた実家の祖母の調子が悪くて、先週入院してしまったのだ。命には別状なく、ただ大事を取ってということらしいのだが、普段気丈な人なだけにすっかりしょげてしまっているらしい。

その見舞いも兼ねて、週末に帰省する予定でいることは、すでに貴一にも伝えてあった。ゴールデンウィーク以来だから、実に二ヶ月ぶりの帰省である。

「そういや貴一はあんまり家に戻ってないよな。もしかして実家って遠いの?」

考えてみれば、ゴールデンウィークにも貴一は寮に残っていた。連休があっても帰っている様子はないから、もしかしたら智幸よりも長い間帰省していないのではなかろうか？

「いや、横浜だから」

「なんだ。なら全然近いじゃんか。通おうと思えば通えない距離じゃないし…。なんで寮になんか入ったんだよ？」

そのおかげで貴一とこうして出会えたのだから、智幸としてはとてもありがたいところなのだが、純粋な興味として気になった。そういえば、貴一の口から実家の話をあまり聞いたことがない。

「俺はあのうちの本当の子供じゃないからな。跡取りにはちゃんと立派な兄貴がいるし、これ以上世話になるのもどうかと思って」

なのにあっさりと返ってきたその言葉の内容に、びっくりしてしまった。そんなにけろっと話すような内容とも思えなかったが、本人が平然としているのだから、謝るのも変な気がして、どういう顔をすればいいのか困ってしまう。

「そんな顔しなくてもいい。……ほんとにお前は思ったことが顔に出るな。期待してもらって悪いんだけど、もらわれっ子だから邪険にされて家を出たとか、そういうんじゃないぞ。それに親子じゃないけど、血は繋がってる。叔父《おじ》の家なんだ」

「そう…なんだ」

立ち入ったことを聞いているみたいで申しわけなく思ったが、『お前は思ったことがすぐ顔に出る』とわざと呆《あき》れたふうに笑ってみせた貴一に、救われたような気分になる。

こんな話を笑って聞かせてくれているあたり、それだけ貴一が心を許してくれている証拠のような気がして、なんだかこそばゆかった。

「こっそり準備して寮に入ったまではよかったんだけど、すぐにバレてな。初めのうちは何度も連れ戻されて大変だった。ほら…初めの頃、よく外泊してただろ？」

そういえば貴一がまだ週番について知らなかった頃、一応一緒に組んでいるのだからと声をかけようとしても、部屋にいないことが多かった。学科が忙しくて戻っていないか、もしくは噂どおり女の子の家を泊まり歩いていただけなのかとも思ったが、どうやらそうではなかったと知ってホッとする。

現在は貴一の実家のほうも寮に入ることについて納得してくれたのか、強引に連れ戻されるようなことはなくなったらしいが、帰省するたび『家に戻ってこい』とうるさいらしい。そのため実家に顔を出しても、泊まらずに寮へ戻ってきているのだと貴一は言った。

貴一の説明を聞きながら、智幸はどうりで家事全般不得意なはずだと納得する。一人暮らしをするなら、その前にある程度、家族に習ってきていそうなものだが、貴一は洗濯はもちろんのこと、掃除すら壊滅的だったのだ。

「そっか…。でもいい家族じゃないか。心配なんだろ、貴一がなにもできないって知ってるんだし。たまには泊まってきてあげたら？」

「……そうだな」

頷いた貴一はふいと視線を逸らしながら、小さく笑みをこぼした。あまり表情を変えたりしない貴一が、たまに見せるはにかんだようなそれに、心臓がドキリと高鳴る。

「あ、あのさ。お土産《みやげ》なにがいい？」

思わずにへらとにやけてしまいそうになって、慌てて顔の筋肉を引き締め直すと、智幸は強引に話題の転化を図った。

「別にそんな気を遣わなくても…あ、でも前のときに……。いや、やっぱりいい」

「なに？　なんだよ、言いかけてやめるなよ。気になるじゃんか」

言いかけて黙り込んでしまった貴一に問いかけながらも、『前のとき』と言ったその言葉で、智幸の頭の中にあるものが浮かび上がる。

「……もしかして、柏屋《かしわや》の……温泉饅頭《まんじゆう》？」

以前にも貴一に渡したことのある土産といえば、それぐらいしか記憶にない。

その推測は間違っていなかったようで、少し逡巡《しゆんじゆん》したあと、申しわけなさそうに頷いてみせた貴一に笑ってしまった。見舞いにいく人間に、土産を買ってこいとは言い出しにくかったのだろう。しかも中身は温泉饅頭だ。

「わかっ…た。ちゃんと、買ってくるから」

「……笑ってんな」

「いや…だってさ……、なんか意外だったし」

貴一に初めて柏屋の温泉饅頭を買ってきてやったのは、ゴールデンウィークの帰省のときの話だ。週番をすっぽかしていた理由をよく聞きもせずに咎《とが》めたり、勝手な思い込みで嫌な奴だと敬遠していたお詫びも含めて、智幸は地元にある小さいけれどもとても美味《おい》しいと評判な店の温泉饅頭を、土産に渡したのだ。

薄いベージュの包装紙に包まれた、四角い箱。その包装紙には、実家がある温泉街の地名とともに、店の名前がプリントされている。

貴一は智幸から手渡されたその箱を、まるで珍しいものでも見つけたように、じっと黒い瞳で見つめていた。

「あ、……もしかして温泉饅頭、嫌いだった…?」

それに智幸ははっとして、恐る恐る口を開いた。

考えてみれば、このモデルのような男と、温泉饅頭ではあまりにもイメージがかけ離れすぎている。同じおやつにしても、挽《ひ》きたてのコーヒーに焼きたてのスコーンのほうがまだ似合いそうだ。土産にするなら、どうしてもう少し中身を選ばなかったのかと、自分の迂闊《うかつ》さに涙が出てくる。

「ええ…と、ここのはあまりアンコが甘すぎないし、皮も薄いのに柔らかすぎず硬すぎず、しっとりしていて美味しいんだ。おじさんとおばさんだけでやってる小さな店なんだけど、全部手作りだから余計なものも入ってないし。だから反対に、早く食べてもらわなくちゃいけないんだけど…っ」

なのに焦って口から出てくる言葉は、まるで業者のまわし者のような説明ばかりで、智幸はつくづく自分の愚かさに穴を掘って入りたくなってきた。

たとえどんな説明をしたところで、いらないものを押しつけられても困るだけだろう。

「ええっと……あの、やっぱり…いらない、かな？」

貴一は饅頭を手にしたまま、智幸をじっと見つめて黙り込んでいたが、やがて小さく口を開いた。

「いや、ありがたくもらっとく。こういうの好きだから」

相変わらず涼しげな顔をして淡々と告げる貴一に、『そ、そう。ならよかった』と乾いた笑いをこぼしながら、すごすごと智幸は部屋へと戻った。

あのときは、たとえ本気でそう言っているようには見えなくとも、本人が好きだと言っているのだから、素直にそう思っておこうと自分に言い聞かせていたのだが、再びそれを買ってこいというのは、それなりに気に入ってくれたということなのだろうか。

「そういやさ、あれどうした？　学校に持ってってみんなで食べたの？」

「いや、全部俺が食べた」

返されてきた答えに、きょとんとする。

あのとき貴一に渡した温泉饅頭は、箱入りで一番小さなサイズだったが、それでも確か八個は入っていたはずである。それを全部一人で食べたと言われても、なんだか想像がつかなくて首を傾げてしまった。

「あれ、だって八個くらいあっただろ？　しかも賞味期限短いし。一人じゃ食いきれないかなって思ってたんだけど……」

「いや、一気に全部食べてしまうのはもったいなかったんで、いくつか冷凍した。味はどうしても落ちるけど、食べるとき蒸し直せばまた美味しく食べられるから…」

真面目な顔で『賄いのおばさんに頼んでやってもらったんだ』と告白してくれた貴一には悪いが、智幸はとうとう堪《こら》えきれずに噴き出してしまった。

温泉饅頭なんて、ぜんぜん好きじゃありませんっていうような涼しい顔をしているくせに、なんて可愛い男なんだろうか。

初めて会ったときは、切れそうに整った相貌《そうぼう》が近寄り難くて、ぜんぜんそんなこと思わなかったけれども、貴一を深く知れば知るほど可愛いというイメージが湧いてくる。

「おい…笑ってんな」

「わ、悪…い。ごめ……」

謝りながらも、一度ツボに入ってしまうと堪えきれない。

そんな智幸に、貴一は『勝手にしろ』と不貞腐《ふてくさ》れてしまったが、そういう顔もめったには拝めない代物だろう。

完全に拗《す》ねてしまった貴一へ『今度は一番大きいサイズを買ってきてやるから』と宥めつつ、智幸は笑ったついでに目じりからぽろりとこぼれてしまった小さな涙を、ごまかすように指でぐいと拭《ぬぐ》い去った。

興味のないものにはとことん冷たくて、ひねたものの言い方をする貴一。どこか冷めた目で女の子とつきあいながら、自分が淋しいことにも気づいていない貴一。

温泉饅頭ひとつで喜んだり拗ねたりする、幼い仕草も、可愛いところも。そのすべてが愛しかった。

そうして、悲しかった。

それらは決して、自分のものにはならないと知っている。


けれども、そんな温かくて少し切ない日々は、やはり長くは続かなかった。

金曜の夜から実家へ戻った智幸は、久しぶりの実家でくつろいでいた。家族に大学生活の様子を話したり、卒業式以来会っていなかった地元の友人と会ったりして、二泊だけの帰省はあっというまに過ぎていく。祖母の見舞いも無事済んで、『東京の彼女でも連れてくるぐらいの甲斐《かい》性はないかね』とからかわれはしたものの、思ったよりぜんぜん元気な姿にホッとした。

しかし家族や友人といても、懐かしい風景を見ていても、なんだか思い出すのは貴一のことばかりで、智幸はそんな自分に苦笑しながら、『明日も早いから』と家族に断りを入れると日曜の午前中には家を出た。

寮のみんなに渡す土産はもちろん、貴一に頼まれていた温泉饅頭もちゃんと鞄《かばん》に詰めて、軽い足取りで寮の部屋へと戻ったのだが、しかしそこに貴一の姿は見あたらなかった。

「おかえり、早かったね。おばあさんどうだった?」

「どうもご心配おかけしました。ばあちゃんなら、ぜんぜん元気でしたよ。あ、これ土産です」

地元の名産でもある焼き菓子を京一郎へ渡すと、傍にいた修正が目ざとく見つけて『いますぐ食おう』と騒ぎ出したが、それだとたいていが全員に行き渡る前に消えてしまう。京一郎が夕食後にでもみんなにまわすよと請負ってくれたのを見届けてから、きょろりと食堂を見まわしたが、やはりそこにも貴一の姿は見られなかった。

「あの……貴一、見ませんでしたか?」

「アイツ? そういやずっと見てないな。食事のときもいなかったし…。京、お前なんか聞いてる?」

「ああ、外泊するって連絡は、山本さんに言ってたみたいだけど」

一応、寮での門限は十一時ということになっているが、問題を起こしたり、夜中に騒いだりしない限り、そのあたりはかなりお目こぼしされている。ただ外泊をするときだけは、食事の準備もあるので、管理人もしくは寮長に伝言を残す決まりになっているのだ。

「それって、いつから…ですか？」

「ええと、たぶん金曜の夜からだと思うんだけど……」

初めの頃ならともかく、最近はずっと寮にいた貴一が外泊しているらしいと聞いて驚いた。しかも金曜の夜からといえば、智幸が自宅に帰った日からずっとということになる。

「どうせアイツのことだから、女のとこにでもしけ込んでんじゃないの？」

お菓子を取り上げられた修正がぶすくれた顔のままぼそりと呟くと、智幸は身体をビクと強張らせた。

「でも…アイツ、最近はあんまり女の子とつきあってないみたいですよ？」

学科も忙しくなってきてそれどころじゃないのか、貴一の派手な女性づきあいは、このところだいぶ減ってきている。この前のように、たまにまずい場面に出くわすこともあったが、それでも以前より女の子が部屋に尋ねてきている割合は、ずっと少なくなっていた。

特に最近は、智幸の部屋に入り浸っているせいもあって、智幸とほとんど一緒に過ごしていたのだ。

「だからさ、お目付け役がいないのをこれ幸いと、羽を伸ばしにさ……」

ケケケと下品な笑い方をしながら呟かれた修正の言葉に、ギシリと胸が痛んだ。

「テッ」

「下世話なんだよ、お前の冗談は。智幸が本気にするだろ」

智幸の硬い表情に気づいたのか、京一郎は自分の隣で不用意な発言を漏らした友人の頭を、容赦なくバシと叩き飛ばした。

そんな京一郎の気遣いをありがたく受け止めながら、智幸はなんでもないというように笑ってみせる。

「いや、それアイツなら十分ありえる話ですよ。でもそれだと俺がお目付け役ってことですよね。まったく……お母さんだったり、お目付け役だったり忙しいな」

動揺を悟られないように、わざと茶化してこの場をやりすごそうとしたものの、なんだか喉の奥にものが詰まっているかのようにうまく笑えない。

お目付け役だなんて、そんなつもりはなかったのだけれど、周囲にはそう見えてしまうほど、もしかして自分は貴一のやることなすことに口を出していたのだろうか？

特に女の子とのつきあいに関しては、『遊びでつきあうのもほどほどにしとけよ。恨まれるぞ』なんて、友人ヅラで忠告していながらも、本当はただ嫉妬《しっと》していただけなのかもしれないと、どこかで自分もそう思っていたからこそ、修正の言葉は胸に突き刺さるようだった。

「じゃ、夕食までに戻らなかったら、アイツの分は分けちゃってください」

心配そうな顔でこちらを見ている京一郎と、彼に殴られてやさぐれている修正に手を振りながら、智幸はそそくさと逃げ出すように食堂をあとにした。

きりきりしながら待っている智幸の気持ちも知らず、結局貴一が戻ってきたのは、その日の夕食が終わって、それぞれが自室や食堂でくつろいでいたときのことだった。

「おかえり」

「ああ、なんだ。もう戻ってたのか」

「……戻ってたよ。ちゃんと寮でメシも食ったし。そっちはずいぶん遅いから、今日も泊まってくるのかと思ったけどね」

人の部屋へ当然のような顔して入ってきたくせに、電気がついている室内を見て驚いたような顔をした貴一に、ムッとする。さらに『戻っているとは思わなかった』というようなニュアンスの言葉を聞いて、つい嫌味くさい言葉を返してしまった。

「明日も一限から講義あるしな。それに…せっかく智幸が美味《うま》いもの持って帰ってくるって知ってんのに、わざわざ次の日に不味《まず》くして食べる必要はないだろ」

智幸が買ってくると言っていた温泉饅頭のことは忘れていなかったのか、ちゃっかり上がり込んでテーブルに置かれた箱を嬉《うれ》しそうに見ている貴一の姿を、いつもなら可愛く思うのだろうが、今日ばかりは反対に腹立たしい気分で見つめてしまった。

なにかい。俺は温泉饅頭の二の次かい。

こっちは離れていても貴一のことばかり思い出して、早く会いたいと慌てて帰ってきたというのに。貴一の中では智幸に会えることよりも、土産物の温泉饅頭を美味しいうちに食べることのほうが重要なのかと思ったら、なんだか悲しくなってきた。

そりゃ恋焦がれているのはこっちの勝手なのだし、同じくらい想って欲しいなどと言えるような身分でないことは重々承知しているものの、こうまではっきり線を引かれると、ぐれたくなってくるのは仕方がないことだろう。

もしかしたら今日までずっと、貴一は自分の知らない女の子と、どこかでイチャイチャしていたのかもしれないという怒りとともに、目の前に鎮座している温泉饅頭にまでムカついて、早速『いただきます』と手を伸ばしかけた貴一の前から、智幸はすいと箱ごとそれを奪ってしまった。

「おい……」

「お前さ、いままでどこにいたわけ？」

こういうことを言うから、修正に『貴一のお母さん』だとか『お目付け役』だと言われてしまうのかもしれないと思ったが、聞かずにはいられなかった。

「どこって…別に……」

なぜだか言葉を濁して、答えようとしない貴一にやっぱり…と思った。智幸が女の子と遊びでつきあうことに、あまりいい顔をしないと知っているから、貴一は本当のことを言わないのだろう。

「おい……智幸？」

「あのさ、俺がこういうこと言うから……、だからお前、邪魔だとか思ってんの？　だから人がいない間に、羽伸ばしておこうとか？」

「智幸？　なんの話だ？」

俯《うつむ》いて震えた声を出す友人の姿に、珍しく貴一は本気で焦っているようだったが、それに構う暇もなく、智幸はこれまで心の中に溜まっていた不満や不安をぶちまけた。

「そうなんじゃないのかよ？　俺、俺さ…俺が世話焼いてても、お前別になにも言わないからいい気になって、つい口うるさいことばっか言ってたけど、そういうのって本当は邪魔だったんじゃないの？　やっぱり、余計なおせっかいだとか…っ、そう思って…」

言いながら、滲《にじ》んできた視界をごまかすように鼻をすする。

悔しかった。それと同時に悲しかった。

横でごちゃごちゃ言われるのがうるさくて嫌なら、ちゃんとそう言ってくれればいいのに。もしかしたらこれまでにもそうやって、貴一は智幸にばれないように隠れて女の子たちと会っていたのかもしれないなんて、そんなことまで考えてしまう。

そんなふうに隠れてこそこそ女の子の家に通われるくらいなら、隣の部屋にでも連れ込まれていたほうがよっぽどマシだ。

現実を見るのは痛いけど、それでも変に夢を見なくて済む。

ここのところずっと貴一が自分の部屋に入り浸っていて、女の子と遊んでいる素ぶりを見せなかったから、もしかしたら自分と一緒にいることで、少しは淋しさが解消できているのかもしれないなんて、そんな淡い期待を抱いてしまった。

勝手に夢見て、勝手に傷ついてるなんて、バカみたいな話だけど。

「あのな、なにを怒ってるのかはわからないけど…。俺は別に智幸を邪魔だとか、余計なことしてるなんて思ってないぞ」

半泣きになってしまった智幸を黒い瞳でじっと見つめながら、貴一がそんなことを言ってくるものだから、そんな場合じゃないだろと自分自身に突っ込みをいれつつも、頬《ほお》が熱くなってくる。ついでに優しくぽんと頭を叩かれて、智幸は本気で動揺してしまった。

「じゃ、じゃあなんで…女の子とつきあってるのを隠すんだよ！　そりゃこっちが勝手に想ってるだけなんだし、こんなこと言うのお門違いだってわかってるけどっ。別に隠すことないだろ。そういうことするから、俺だって諦められなくなるんじゃないか…っ！」

叩きつけるように叫んでしまったあと、智幸は部屋の中がシンと静まり返ってから、ハッと我に返った。

いま、自分はなにを口走ったのだ？

「智幸は…俺のことが好きだったのか？」

「え、え？　あ、そ……いや、ええと…」

自分の発言に凍りつく間もなく痛いところを突かれて、なんと答えていいものか困ってしまう。嘘《うそ》をつく気はないのだが、そう面と向かって本人に尋ねられても、即座に答えられるものではないだろう。

けれども、かーっと耳まで赤く染まった智幸の顔が、なによりも雄弁にそれが真実であることを物語ってしまっていた。

こんな形で、バラすつもりなどなかった。それどころか、へたにバラして気持ち悪がられるより、いつかちゃんと諦めがつくまで隠しておくつもりだったのに。

「……ん」

智幸はしばらくあちこちと視線を彷徨《さまよ》わせていたが、いまさら言い繕う気にもなれなかったし、貴一を好きであるという自分の心に偽りはないので、腹をくくるつもりで赤い顔のまま小さく頷いた。

いっそ『女の子にしか興味がないから』とはっきり振られてしまえば、痛くてもすっきりするかもしれない。そんな勢いがあったのも確かだ。

「なんだ、そうだったのか。……なら早く言えばよかったのに」

「……は？」

けれども、どんな言葉で振られるのだろうとぎゅっと身を固くして身構えたにもかかわらず、貴一の口から漏れた言葉はあまりにも意外なもので、智幸は一瞬自分の耳を疑ってしまった。

「なにを驚いてるんだ？」

「いや、だってその……、俺一応…男なんだけど？」

「見ればわかる」

「……気持ち悪く、ないの？」

「別に…。確かに男とつきあったことは一度もないけど、告白されたことならこれまでにもあるしな」

やはり貴一ほどの男ともなると、同性から好かれることもあるんだなと、場違いなその説明になんだか妙に納得してしまった。

「いまどきそれぐらい、驚くほどのことじゃない。それに相手が智幸なんだし」

ついでのように続いた貴一の言葉に、心臓が強く叩かれたみたいにドクンッと高鳴った。

『相手が智幸なんだし』と、そう言った貴一。自分が相手だったら、なぜ素直に受け入れることができるのか、その言葉の奥にある意味を聞いてみたいと強く思った。

実際は、そんなことロにできる勇気はなかったけれども。

浮かんでくる淡い期待と、早とちりするんじゃないというブレーキが、心の中で交差する。なのに必死で舞い上がる心を抑えようとする智幸を前に、貴一はすいとその綺麗な顔を近づけると、軽くついばむようにして唇を奪ったのだ。

「………なっ⁉」

ぱっと口許を手で覆い、背後の壁に張りつく勢いで跳びすさる。キスされたのだと頭では理解できても、心はちゃんとついていかなかった。

「な、な、な……なにしてっ？」

脳味噌《のうみそ》がハレーションを起こしているみたいだ。別にこれが生まれて初めてのキスというわけでもないくせに、夢にまで見た貴一との柔らかな接触に、驚きながらも感動と衝撃をいっぺんに受けている。

「まずかったか？」

言いながらぺろりと自分の唇を舐《な》め、不思議そうに首を傾げてみせた貴一に、また体温がじわりと上昇したような気がした。

そんな切れ長の目で、見つめないで欲しい。小さく首を傾げたりなんか、しないで欲しい。そんなふうに、小さな仕草のひとつひとつで自分を虜《とりこ》にしていくのだ。この男は。

なのに本人は、その自覚がぜんぜんないときている。

別に智幸はこれまで、自分が面食いだと自覚したことはなかったのだが、貴一を見ているとそれだけで心が奪われてしまいそうな気がして、慌てて視線をそこから逸らした。

「なんで…、こんなこと…っ」

「好きだったら、普通するだろう？」

それはどういう意味なのかと、尋ねてみたくてやはり聞けない。つまりそれは、貴一もキスしてもいいと思う程度には、智幸を好きだということなのだろうか？

「お…俺は、女の子じゃないんだぞ。その辺ちゃんとわかってんの？」

「うん」

頷きながら、また近寄ってくる。腕を取られて、けれども抵抗などもできずにそのまま固まっているうちに、壁と貴一との間に挟まれてしまった。

あんなにも憧《あこが》れていた唇が、眼差《まなざ》しが、いま目の前にある。

「……っお、俺はっ、遊びで割り切れたりしないんだからなっ」

「もちろん、智幸は違うだろ」

「……っ！」

ひょいともう一度口づけられて、当然のように智幸のシャツの中にするりと忍び込んできた手のひらに、ざわりと鳥肌が立った。

「ちょ…、なな、なんで…だって、いままで…昨日も、女の子としてきたんだろっ？」

こんな場面でそんなことを聞くのはルール違反かもしれないが、どんどん進んでいくこの状況をなんとかするので精一杯で、他のことを考える余裕もない。

「あのさ……それ、さっきから気になってんだけど。なんか誤解してるだろ？　俺、家にしか戻ってないぞ」

「だ、……って、お前実家には泊まらないって…」

ぽりぽりと鼻の頭を掻きながら告げられた言葉に、目を丸くする。ならばなぜ貴一は、それを隠そうとしたというのか。

「たまには泊まってこいって言ったのは、智幸だろうが」

「う……」

じっと見つめられて言葉をなくす。確かにそんな話をしたばかりだったが、でもまさか貴一が自分の言葉に従って、すぐそれを実行するとは思わなかった。

もしかして……だからこそ貴一も言いにくかったのだろうかと、ハタと思い当たる。智幸に言われて、素直にそれに従っている自分を見せるのは、妙に照れくさくて恥ずかしかったからだとしたら。

そんなバカな。そんな嬉しすぎるようなこと、そうそうあるはずが……。

「ちょ…まっ…待って待って！」

考え込んでいるうちに、いつのまにか貴一の手はどんどんすすんで、シャツをするりと剝《む》かれてしまった。

こ、こいつ…本当に手なれてる。

「もし嫌なら、やめとくけど」

言いつつも、そっと胸のあたりを撫でてくる手のひらに、皮膚が粟立《あわだ》った。

嫌なわけがない。抱きあったらどんななんだろうと、こっそり思い浮かべていた人に優しく触れられて、嫌だと感じるはずなんかない。

でも、まさかこんなふうにうまくいくなんて思ってもみなかったから、どうしていいかわからないというのも事実だった。

「い、いや、って別にそんな…わけじゃ……。あの…嬉しいし…」

真っ赤になったまま俯き加減に答えると、貴一はにっと笑ってその腕にぎゅっと身体を抱き寄せた。その瞬間、ジンと身体を駆け抜けた甘苦しい息苦しさに、息を吞《の》む。

素肌を直《じか》に触れられる感触に、眩暈《めまい》すら覚えた。

こんなに簡単にしちゃっていいのかとか、本当にちゃんと好きだってわかってんのかとか、聞きたいことや確かめたいことはたくさんあったけど、もうそんなのどうでもいいかと思った。

この人と、抱きあえるなら。

「ま、待った！　電気…っ！　電気消せって」

ただ、ここぞとばかりに下の服も脱がせようとする貴一には困ってしまい、その頭を押しやりながら、こうこうと二人の上で光っている蛍光灯を指差した。

「別にいい」

「べ、別によくないっ！」

智幸としては、こればかりは譲れないところだ。

明るいところでするのが嫌だというのももちろんあるが、それよりもなによりも、自分の貧弱な身体を貴一の前でさらすのだけは、我慢ならなかった。

いまさら隠したところで同じ男であるのに間違いはないのだが、たとえそれでも、貴一がこれまで相手にしてきた、柔らかくて可愛い女の子たちとは比べられたくなんかない。それにもし仮に、脱がせてみたらその気が失《う》せましたなどと貴一に言われようものなら、立ち直れないに違いなかった。

「頼むから…っ、電気消してって…」

ほとんど涙目になりながら懇願すると、貴一はむすっと押し黙ったまま立ち上がり、少々乱暴な手つきで蛍光灯から伸びている紐《ひも》を引っ張った。

何度かそれを引くと、部屋の中にはふっと暗闇《くらやみ》が落ちる。その中で、ばさ、ばさりと貴一が自分の服を手早く脱ぎ捨てる音を聞いた。

「あ…布団……」

こういうときどうするんだったっけと思い出しつつ、もうひとつ気になったことをポツリと呟くと、部屋の隅で二つ折りにされているそれを忙《せわ》しなく広げる音がして、貴一がついでに準備してくれたのを知る。

腕を引かれ、敷かれたばかりの布団の上で再び重なってきた貴一の肌と触れあったとき、智幸は知らずに自分の身体が慄《おのの》くのを感じた。

「それから？　他に言っときたいことは？」

耳元で囁《ささや》かれる低い声に、思わず涙がこぼれそうになる。こみ上げてくる熱さを飲み込みながら、智幸は重なっている身体の重みを受け止めるように、自分からその背へ腕をまわした。

これが、貴一の、身体。

「……すっげぇ好き」

小さな告白に、自分の上の身体がほんの少しばかり震えたような気がしたが、すぐにめちゃくちゃに抱き込まれて、わけがわからなくなる。

それでもこの瞬間だけはちゃんと覚えておこうと、智幸は心に決めながら、そっと目を閉じた。

「う…ん、あ…あ、やっ…やめ…っ」

「こら、逃げんなよ…」

「……あぅっ！」

絡ませた手足が擦《こす》れるだけでもざわついて仕方ないのに、繋がった腰がさらに奥まで入り込もうとするから、智幸はどこか恐ろしくなって逃げをうつように布団の端を摑んだ。

けれどもそこを容赦なく捕らえられ、腰を揺すられると、悲鳴のような甘い叫びが喉をつく。

「く……っ、ん…」

衝撃に震えながら息を詰めると、耳元で『痛むのか？』と聞かれて、慌てて小さく首を振った。痛みはもちろんあるのだけれども、貴一の熱く硬い昂《たか》ぶりが入り込む前に、信じられないぐらいしつこく指で開かれて、『も、もう…して。も……指、やだ…』と最後は泣きながら懇願するほど喘《あえ》がされ続けたおかげで、そんなにはひどく感じない。それよりも、もしここで『痛い』などと言おうものなら、再びそれを繰り返されるんじゃないかと、そちらのほうが怖かった。

貴一の愛撫《あいぶ》は的確で容赦がなく、智幸の身体がいいと伝えるポイントを見つけると、ちゃんと逃さずそこを刺激してくる。強すぎる快感は怖いと怯《おび》えつつも、その手に逆らいきれない自分の甘さが、愛撫を深くさせている原因なのかもしれないが。

『ちゃんといいはずだから』と口づけられながら宥められ、長い指先で身体の奥を探られたときも、結局は貴一の言葉に従って脚を開き、あちこち確かめるように弄《いじ》られてその感覚にすすり泣いた。

身体の中のそんな部分が、これほどいいなんて知らなかったのに、最後は指でしつこいぐらいそこを弄られながら、貴一の手の中に吐精していた。

男同士なんて不自然な形で交わりあうのだから、さぞかし滑稽《こっけい》な行為だろうと思ったが、繋がったそこは不思議なほどぴたりと重なり、貴一のすべてを奥まで飲み込んでいる。

「や…や、まだ…入って…」

そろそろ馴染《なじ》んできたことを確かめるように、ゆっくりと抜き出され、その感覚に身震いする隙にもう一度深く差し込まれる。先ほどよりさらに奥まで入り込んでくるような気がして、智幸は摑んだシーツをがりりと掻いた。

「ああ、ちゃんと入ってる」

確かめるように繋がっている薄い肉のあたりをなぞられて、それだけでひゅっと喉の奥が鳴った。

腰から這《は》い上ってくる未知の感覚に逃げ出したくなっても、開いた脚の間に貴一が入り込んでいるから、それも叶《かな》わない。ぶるりと身体を震わせると、それが合図のように貴一は智幸をじっくりと味わい出した。

「そ、それ…や…、そこ……、…も、くる…し…っ」

指の代わりに入り込んだ貴一の熱に、見つけたばかりのポイントを擦られ、それだけで鳥肌が立つほど感じてしまう。なのに貴一はそこを繰り返し、柔らかく擦り上げながら、智幸を深く穿《うが》った。

「平気。ちゃんと勃《た》ってる」

それを確かめるように、貴一との腹の間で昂ぶりきっていた智幸自身の熱を握られて、その刺激でまた中の貴一をきゅっと締めつけてしまう。

「ば…、それ…ダメ……ダメ、も…っ。…あ……あ、きい…ちっ」

「イイか？」

絶え絶えの息の中、繋がったままの腰をゆったりとまわされながら、そんなことを尋ねられて、こみ上げる羞恥に涙をこぼしながら、それでもがくがくと何度も頷いた。

「智幸？」

名を呼ばれながら揺さぶられ、送り込まれてくる快感にのけ反ると、ちゃんと口にしろと促される。

「ん……、あ…っイ、イイ。…すご…く」

自分がなにを口走ってるのかもわからない。全身に甘い毒がまわってしまったように、痺《しび》れが身を優しく苛《さいな》んでいく。ぐっと押し込まれるたび駆け抜けていく快楽の熱が、身体の中で強く脈打つ貴一がくれるものなのだと思ったら、それだけでおかしくなってしまいそうな気がした。

あんなにも、想っていた男に抱かれている。

「イッていいぞ。ちゃんと握っててやるから……」

口づけられながら、優しく握りしめられたままだったそこをあやされ、そんなことを囁かれたらひとたまりもなかった。

「……っ、…ん……っ!」

びくびくと全身を震わせ、縋《すが》りつくように両脚で挟んだ腰を締めつけながら智幸が達すると、貴一も深く打ち込むようにして息を詰める。

「く……っ」

耳元で小さくうめく声に意識を攫《さら》われそうになり、這い上る愉悦の凄《すさ》まじさに涙さえ流しているというのに、この男にならなにをされてもいいとすら思ってしまう。

「まだ…痛いか…?」

なのにそんなふうに聞いてくる声が、たまらなく愛おしくて、乱れた息をこぼしながらふるふると力なく首を振ると、貴一はどこかホッとしたように優しく微笑み、それからは本当に手加減はなしになった。

「ふ…っ、あぁ……っ」

激しく智幸の身体を貪《むさぼ》りながら、たて続けに二回中で放った貴一は、それでも満足した様子はなく、今度は少しでも楽な体勢がとれるように腹這いにさせた智幸の下に枕を敷き入れると、腰だけ浮かせたその状態のまま再び智幸の内部に押し入ってきた。

こっちはそんなところに男を受け入れるのも初めてだというのに、こんなに続けてされて、なのにそれでも嫌とは思わず、泣きながらその熱を受け入れている。

そんな自分を滑稽だと思いながらも、シーツを摑む手を上から重ねるように貴一に握りしめられると、それだけでどうでもいいと思ってしまう。

「智幸…、智幸」

耳元で囁かれる低い声に身悶《みもだ》えながら、『好きだ』とうわ言のように繰り返し、その手を取って口づけると、お返しとばかりに身体をひねられ不自然な体勢のまま口づけられた。それにまた涙がこぼれる。

隙間なく重ねた身体も、縋りつくようなキスも、ひどく淫《みだ》らでケダモノじみているというのに、どこか甘く温かい。それがなによりも智幸をダメにした。

貴一との情交は想像していたよりずっと激しく、狂おしいものだったけれども、与えられる手の優しさやキスの甘さに、このまま死んでもいいとすら思う。

ひどく優しく、そのくせ容赦のない貴一の愛撫に追いつめられながら、何度も交わしたキスの合間に、智幸は本当は手放すはずだった恋心を、泣きながら抱きしめた。


次の日の朝、目を覚ますと智幸は、ちゃんと肩まで布団をかけて寝ていた。

どうやら貴一がかけてくれたようだが、途中から意識が朦朧としていたので、いつ終わったのかすらもよく覚えていない。そのせいかまるで夢のように実感がなかったが、いつもなら部屋の隅で毛布を被《かぶ》っているはずの貴一が、今日ばかりは狭いながらも同じ布団の中で寝ている姿を見つけて、ホッとする。

それと同時に、昨夜のことをあれこれと思い出してしまって、智幸は次第に赤らむ頬をごまかすように慌てて布団の中へと潜り込んだが、その下でなにも着ていない自分たちの姿に気づいてギョッとしてしまった。

「……はよ」

「ん」

ごそごそ動いたそれで目が覚めたのか、うっすらと目を開けた黒い瞳に、いまさらながら

胸がドキリと高鳴る。貴一はちゃんと目覚めるまでにいつもけっこう時間がかかり、眠そうな目がぼーっと空を見つめているのが可愛かった。

「お…い、こら…朝っぱらからやめろって…」

無意識なのか、すり寄るように智幸の身体を抱き込んで、再び眠りの体勢に入ろうとした貴一の腕を強引に引き剝《は》がす。本当は智幸もこのままずっと浸っていたい気分なのだが、今日も大学の講義はあるし、なによりも貴一を休ませてしまうわけにはいかないだろう。

「ほら、しゃんとしろって！　シャワーでも浴びろよ」

「う…ん」

貴一を無理やり叩き起こしながらも、智幸自身、身体はだるいし、関節はところどころ軋んでいるし、人には言えないようなところはいまだなにかが挟まっているように、ジンジンしている。

死ぬほど心地よかったけれども、やはり男同士のセックスはかなりの負担が伴うようだ。それでも身体に残る痛みや違和感を感じながらも、智幸はひどく満ち足りた気分だった。

交代でぬるいシャワーを浴びたあと、朝食をとりにいくかどうするか話しあったが、なんとなく胸がいっぱいで入りそうにもなかったため、眠気覚ましに電気ポットで沸かしたお湯で、熱いお茶を淹《い》れることにした。

布団の脇に追いやられた小さなテーブルの上には、昨夜食べ損ねた温泉饅頭がそのまま置いてある。貴一と一緒にそれをつまみながらお茶をすすると、ようやく人心地ついた気がした。

よく外国映画なんかを見ているると、こういうときは夜明けのコーヒーが定番なのだが、温泉饅頭と玄米茶というのが、自分たちらしくて笑ってしまう。

「思い出し笑いか？　スケベだな」

「な…っ、スケベなのはお前だろうが！　あ、あんなこと…、何度も何度も…っ」

ニヤリと笑うその顔に見惚れながらも、真っ赤になってうろたえてしまう。

いつもは無表情で涼しげな顔をしているくせに、想像以上に貴一がいやらしいことを平気でする男だというのは、昨夜嫌というほど思い知らされたばかりだ。

身体中撫でまわされて、少しでも反応のいいところは、しつこいぐらい舌や指で確かめられた。身体の奥深くに入り込んでいる、その熱い塊だけでもダメになってしまいそうなのに、繋がった腰を何度も揺さぶられながら、前も後ろも容赦なく弄くりまわされて、智幸は貴一をその身に含まされたまま何度も昇りつめさせられた。

イッたあとも休みなく身体の中を擦られたり突かれたりする感覚に、最後はもうほとんど泣きっぱなしのまま、その背中に縋りつくことしかできなかったと思う。しかもこの男は鬼畜なことに、智幸が泣いても手加減してくれなかったのだ。

「何度もって、どれの話だ？」

「…わかった。もういい。もういいからっ」

これ以上話していても、智幸の分が悪くなるばかりだ。まだ怪しい感覚が残っているそこが、ズクと疼《うず》くような気がして、智幸は真っ赤な頬を擦りながら、慌てて話題を切り替えた。

「そ…そういえばさ、お前、俺以外の男にも告白されたことがあるって言ってただろ？　それっていつの話？」

「……あ？　あー、一番最初は中学のときだったような……」

「最初って……、そのあともあったんだ？」

「まぁ、ぼちぼち」

ちゃんとは答えてくれなかったが、一度や二度ではなかったらしい。ゲイの男性はよくがっしりとした筋肉質な男を好むというけれども、そういえば貴一も着やせするタイプのようで、長身のわりにかなり胸板もあったし、縋りついたときの背中なんかも……。

「そ、そっか。お前がもてるのって、女の子だけにじゃないんだな」

うっかりするとまたすぐ、昨夜の濃厚な行為を思い出しそうになってしまい、智幸は慌てて頭を振った。

「でも……さ、一度もつきあったことがないって言ってたし、いままでは断ってきたんだろ？　なんで今回だけはその気になってくれたわけ？」

照れくさいながらも、それはちゃんと聞いてみたいと思っていた一言ではあった。貴一は、智幸が告白したときはさすがに少し驚いていたものの、その後はほとんど動じた気配もなく、それどころか自分から智幸を抱き寄せてきたのだ。

昨夜数えきれないぐらいかわしたキスは、信じられないくらい甘かった。追いつめようとする動きには容赦がなかったけれども、それでも智幸の感じている痛みを少しでも散らそうと、身体中を撫でてくれた手は震え出したくなるほど優しかった。

たとえ貴一のくれる感覚が痛みであっても、快楽であっても、智幸にとってはすべてが喜びとなるけれども、貴一が自分をひどく大切に扱ってくれていたのだということはわかる。

その理由を、ちゃんと知っておきたかった。たとえいまは想いの深さに差があったとしても、どのくらい貴一が自分を求めてくれているのか、知っておきたいとそう思ったのだ。

「ああ、智幸には世話になってるからな…」

「……、…え?」

けれども、返されてきた言葉に、世界中の音が消えた気がした。

まるで時間の流れさえも、そこでぴたりと止まってしまったかのように。

「試したことがなかったから知らなかったけど、男もけっこういいもんだよな。女のときより夢中になった」

あんなに気にしていた女の子よりよかったと誉《ほ》められているのだとしても、智幸の頭の中にはなにも入ってきていなかった。

　そんなことより、先ほど告げた貴一の言葉が胸のあたりに詰まったまま、すとんと腹の中まで落ちてこないでいる。

「世話に…なって…？」

「なってるだろ、初めから。隠れて家を出たのはいいけど、洗濯室で石鹸を削ってたときは、かなり後悔しかけてたからな。あのとき、救いの手を差し伸べてくれた智幸を、本気で救世主かと思ったぞ。俺は」

　照れくささを隠すためなのか、わざと冗談っぽく話す貴一の言葉も、智幸の耳にはもう届いていなかった。

　背筋が、ひやりと冷たくなる感触。

　顔からも、指先からも、すうっと血の気が失せていく。

「だ、から…？」

『世話になっているから』と、そう言った貴一。

　だからだったのか。貴一が自分を、あんなにも優しく激しく抱いたのは。

「だから…、あんなふ…に……っ」

「智幸？」

「…っんな…」

そこでようやく、智幸がひどく血の気の失せた白い顔をしているのに気づいた貴一は、どうかしたのかと手を伸ばしかけて、強くその手を振り払われた。

「…なに？」

「俺に…っ、触んなって言ったのっ！」

拒絶の声が震えてしまうのは、身体までもが小刻みに震え出しているからかもしれない。貴一はそんな智幸の尋常でない様子に、すっと眉を寄せて、こちらを心配そうに窺ってくる。普段ならば舞い上がるくらいに嬉しく思う貴一のそんな仕草も、今日ばかりはクソ喰《く》らえと思った。

「……どうした？」

どうしたもこうしたもない。

自分がなにを言ったのか、わかっていないのだろうかこの男は。

「智…」

「触るなって言ってる！　その手で…っ、そんなふ…にっ」

優しく触れてなんか、欲しくなかった。人を思いきり絶望の床に叩きつけたその手で。

捨ててしまおうと何度も思いながらも、それでも諦めきれずに大切に育んできたものを、そっと貴一に手渡した瞬間、そのままぐしゃりと強く握りつぶされたような気分だった。あんなにも焦がれてやまなかった、その手によって。

「……世話…なってるって、そんなの…っ」

こんな恋はないと思った。いや、恋にもなってない。恋愛以前の問題だ。

あんなに優しく触れておいて、人の身体の一番奥で何度もイッておきながら、蕩《とろ》けるような甘いキスをしたのと同じ唇で『世話になってるから』とさらりと呟いた貴一が、信じられなかった。

それと同時に理解した。自分はきっと、貴一に群る女の子と同じなのだ。彼にとっては、必要なときに世話をして、淋しいときに傍にいてくれる、便利なだけの存在にすぎない。そのお礼代わりに、智幸におこぼれを分けてくれただけなのだ。

重ねた唇の甘い痺れや、触れた指先の感触、小さく笑った横顔。

そうした些細なひとつひとつに、智幸が死ぬほど感じているこの幸福感を、貴一がほんの少しでも感じとることは、決してないのだ。

息をするのも、ひどく苦しい。胸のあたりに重くなにかが圧《の》しかかって、肺が押しつぶされてしまったかのように、小さく喘いだ。

身体が、地面にずぶずぶとのめり込んでいくようだ。

「………っ」

世話になってるからキスをして、世話になってるから身体を撫でて、世話になってるから優しくイカせてやったのだと言われたのだと同じだと思った。

世話になっているから。

世話になって世話になって……。

そうか。ならばこの恋は、日常生活の援助と引き換えに手に入れたものだったのかと思ったら、その瞬間、堪えきれず両の目から涙がツーとこぼれ落ちた。

「俺は…っ、そんなつもりじゃなかった…。そんなつもりじゃ…」

そんなつもりで、優しくしたんじゃなかった。

貴一を、心から欲しいと思った。でもそれは、なにかの代償で得られるものではなかったはずだ。

お金で買うように簡単に身体だけ手に入れて、それでなにが埋められるというのか。この心の中にある、温かく優しいものすべての代わりに。

「俺は…、お前を買いたかったんじゃないのに…っ」

「なにを…言ってるんだ？　そんなのわかってるだろ…？　お金なんか必要ない。なんで…急にそんなこと」

「違…っ！」

違う、そうじゃないと説明しようとしたけれども、どっと溢《あふ》れ出した涙とともにその先の言葉をなくしてしまう。

たとえ説明したところで、わかってもらえるとも思えなかった。

「と、智幸……？　どうしたんだ？」

わかってない。わかってなんかないじゃないか。

たとえお金で買ったのではなくとも、優しさという利益と引き換えに身体だけを手に入れたのなら、それは援助交際といったいなにが違うというのか。

自分はいつのまにか、好きだからというそれを免罪符にして、札びらで顔を叩く世間のクソジジイと同じようなことを貴一に強要したのかと、そんな自虐的なことまで思ったら吐き気がした。それと同時に、こんなくだらないことを考えさせた貴一に、恨みさえ募らせた。

ただ、好きだった。だから優しくしたかった。ただ……それだけだったのに。

「…てってくれ」

限界だった。涙は止《とど》まることなく、溢れてこぼれ落ちていく。

「出てけよ！　……ここからっ、早く出てってくれ！　頼むから…っ」

これ以上、惨めになる前に。

昨夜、抱きしめあって眠ったその背に、縋りつき、大声をあげて泣き出す前に。

貴一は泣き喚《わめ》く智幸を放ってはおけなかったようで、再び手を伸ばそうとしてきたが、それすらも強く叩いて拒絶すると、小さく息を吐いて立ち上がった。

いまその顔を見てしまったら、声をあげて泣き出してしまいそうな気がして、必死でそっぽを向いたまま、早くここから貴一が消えてしまうことだけを強く願う。

「智幸…」

もう一度だけ、労《いた》わるような声で低く名を呼ばれたが、それには歯を食いしばって耐えた。智幸の頑《かたく》なな態度に、いまは離れるしかないと感じたのか、貴一は仕方なく諦めたように静かに部屋を出ていった。

ぱたりとドアが閉まった途端、必死に抑え込んでいた熱い塊が喉の奥を焼いて、どっと溢れ出していく。しばらくそれを堪えていたが、とうとう耐えきれずに智幸は小さく嗚咽《おえつ》を漏らした。

「う…、うううぅ……っ」

天国から地獄へ、いっぺんに叩き落されたような気分だった。抱きあっているあの瞬間は、本当に本当に幸せで、あのまま死んでもいいとすら思ったのに。

「なん…で…っ」

恋じゃないなら、なぜあんなにも優しく抱いたりするのか。

どうせ手に入らない想いなら、初めから拒絶されていたほうがよっぽどよかった。こんなふうに一度手に入れたと思った瞬間、するりとすり抜けていく絶望を味わうくらいなら。

優しいキスを、世話の代償だと言ったあの横顔。

貴一はあのいつもの見惚れるような綺麗な眼差しで、涼しげな顔をしたまま、たった一言で智幸の中の恋心をぐちゃぐちゃに踏みにじったのだ。

それを思うと辛くて、唇を噛《か》みしめていてもあとからあとから嗚咽がこぼれ落ちた。胸を深く抉《えぐ》るように、突き刺さった言葉が忘れられない。

こんな思いをするくらいなら、もう二度と優しくなんかしない。

世話なんかしないと思った。だから、好きになったこの心も、全部消して欲しかった。自分の中にある、貴一への想いも全部、なかったことにして欲しかった。

どうせ初めから叶わぬ恋だということも、諦めなくてはならない想いだということも、覚悟していたはずだ。ならばいっそ、初めからなにもなかったことにして、流してしまえばいいのに。

なのに貴一に優しく触れられた途端、そんな言葉では諦めきれぬほど、こんなにも欲張りになっている。

いや、きっともっと前から、自分は勝手に思い違いをしていたのだ。諦めなくちゃいけないと口では言いながら、もしかしたら…という思いを捨てきれずにいたからこそ、こんなにもひどく苦しいのだろう。

照れたようにはにかんでみせる笑顔とか、ちょっとだけ拗ねたような口許とか、智幸だけに見せてくれるそれらに、いつのまにか勘違いをしていた。

その手が、笑顔が優しいからと、ただそれだけで有頂天になっていたのだ。

貴一には、恋心のかけらもなかったのに。

「……貴一、貴一……っ」

空に向かって呼びかけても、応えは返らない。それを知っていながら、じっと待つほど空《むな》しいことはないだろう。この恋は、それによく似ていた。

たとえ応えてくれたところで、それは智幸が望むものからほど遠い。それを苦しく思うのは、自分の身勝手でしかないとわかっていても、応えがないと苦しいし、身体だけなら欲しくはなかった。

「……っ」

いっそきっぱりと諦めてしまえばいい。そう叫ぶ心と同時に、泣き喚きながらも、まだ一心に求める心がある。

ひどい男だと思うのに、それでもこんなにも胸が掻き毟《むし》られるように痛むのは、好きだから。ただ、好きだから。

辛くて辛くて、叫び出してしまいたいほど苦しいのに、本当はまだ、貴一に好かれたいと思っている自分が、この胸のどこかにいるからだ。

そんなことを思う自分が惨めで、そしてひどく悲しかった。

どんな日にも、必ず朝はやってくる。

このまま目覚めないほうが幸せかもしれないなどと思ってしまうような日であっても、太陽はいつもどおり巡ってくるし、世界はなんら変わることなく動いている。

いつまでも不貞寝《ふてね》をしていても埒《らち》があかないことを、昨日一日で思い知らされた智幸《ともゆき》は、布団の中からもそりと起き上がると、顔を洗うために小さな洗面所の前に立った。

トイレの脇《わき》についている鏡は、最近まで入寮していた先輩が取りつけていったものなのか、この古ぼけた寮の中では比較的新しいものである。けれどもそこに、どんよりとした血色の悪そうな自分の顔を見つけて、智幸は大きく溜《た》め息をついた。

同じ学部の女友達が羨《うらや》ましがるほど大きくパッチリとした目も、昨日から何度も手の甲で擦《こす》りすぎたためか、いまは熱を持ったように赤くなり腫《は》れぼったくなってしまっている。別に男の自分は彼女たちのように美しく飾ったりすることはないのだから、そんなの気にする必要もないのだが、今日ばかりは少しだけこの腫れが気になった。

昨日は『風邪《かぜ》で熱があるみたいだから』と言ってごまかしたが、いつまでもこんな目をしていたら、泣き腫らしたのだとバレてしまう。特に京一郎《きょういちろう》などには、簡単に見透かされてしまうだろう。こういうことに関して、あの人はかなり鋭いのだ。

またそれ以上に、智幸が泣き腫らす原因となった貴一《きいち》にだけは、こんな顔を見られてしまいたくはなかった。たとえ貴一の言動によって智幸が深く傷ついていたのだとしても、そのせいで目を腫らすほどに泣いたなどと、知られたくない。

それは別に貴一のためというよりも、智幸自身のささやかなプライドのためだ。振られたからって、まるであてつけるような真似《まね》だけはしたくなかった。いや、厳密に言えば振られたとも言えないのかもしれないけれど。

だって、あれは恋にもなっていなかったのだ。

「お、智幸じゃん」

朝から貴一と顔を合わせたくなくて、いつもより一時間も早く身支度を整えた智幸は、パスケースやルーズリーフの入ったデイパックを摑《つか》むと、寮の階段を静かに下りた。自分の分の朝食はいらないことを、賄いのおばさんたちに伝えようとして食堂に立ち寄ると、そこに京一郎と修正《しゅうせい》の姿を見つけて、ぺこりと頭を下げる。

「おはよう。身体《からだ》のほうはもう平気?」

「おはようございます。ええと…はい、すみません」

読みかけの新聞から顔を上げた京一郎に、なんとなく腫れた瞼《まぶた》を直視されるのは気が引けて、ついつい視線を逸《そ》らしてしまったけれども、京一郎は『そう。夏風邪はバカにできないからな』と頷《うなず》いただけで、それ以上聞いてこようとはしなかった。それに少しだけホッとする。

「たいしたことなかったんならよかったじゃん。……でもお前、起きんの早くねぇ?」

大学が始まるまでにはまだかなり時間がある。寮の食堂では、学生の登校時間に合わせて七時には食事ができるように用意してくれているが、まだ六時半にもなっていなかった。

「そういう滝田先輩こそ、早いですよね」

普段から早起きで、たいてい食堂で新聞を読んでいる京一郎はともかくとして、いつも遅刻ぎりぎりの時間にしか起きてこないはずの修正の姿を、珍しく思いながら眺める。修正はお茶碗《ちゃわん》いっぱいによそわれたご飯をかき込みながら、『コンビニの早朝バイトを代わってやったんだよ。これから午後の講義まで俺は寝る』と頷いてみせた。

食卓の上には味噌《みそ》汁と一緒に、一人分のだし巻き卵が置かれている。どうやらおばさんに頼み込んで、先に修正だけ簡単なものを用意してもらったらしい。寮の中ではこうした特別待遇はあまり行われないのだが、お祭り好きでいつも明るい修正は、寮生だけでなくおばさんたちにも絶大なる人気があり、『しょうがないわね』とお目こぼしされている部分も多いようだ。まぁやりすぎれば、隣にいる京一郎が、抜かりなくストップをかけてくれるのだろうけれども。

「で？　智幸のほうはどうしたんだ？　まだ飯までかなり時間あるぜ？」

「……あ…の、昨日サボっちゃった分、今日は…ちょっと早めに行って、レポートやんなきゃと思って。文献も探さなきゃなんないし…」

まさか貴一と顔を合わせたくなくて、早く寮を出たいと言うわけにもいかず、とっさに思いついた言い訳をしどろもどろに並べると、修正は味噌汁をすすりながら不思議そうに智幸を見上げてきた。

「へぇ……あれ、でも一年の頃って、夏休み前からそんな厳しいレポートあったっけ？　もしかして教育心理のやつ？」

「ええ…と…、それもあるんですけど…」

「どっちにしろ病み上がりなら無理なんかしないで、提出遅れるって言っとけば？　助手の田代《たしろ》のほうに頼めば、一週間くらい見逃してくれるだろうし」

「その…でも、あまり遅れるのも…」

なにげなく問い返された質問に、答えが詰まる。レポートはいくつか出されているけれども、実をいえばいますぐ提出を迫られているような課題はなかった。

そういえば…と、修正は智幸と同じ教育学部の所属だったことを思い出す。すでにその課程を済ませている修正相手にへたな言い訳もできず、返事に窮していた智幸は、そのときバコと小気味よい音とともに、修正の頭を直撃した新聞紙にぱちくりと目を瞬《しばたた》かせた。

「アチ、……っておい、京！　なにすんだよ」

「真面目《まじめ》な智幸をお前なんかと一緒にするんじゃない」

叩《たた》かれた弾みで味噌汁をこぼしてしまった修正は、丸めた新聞紙を手にして呆《あき》れたように自分を眺めている友人をぎっと睨《にら》んだが、京一郎はそれを気にもせず、涼しげな顔でさらりと辛辣《しんらつ》な言葉を言い放つ。

「そんなだから、お前は二年を二回もやる羽目になるんだよ」

「うわ、いまグサっときた。お前、友達の言葉とは思えねぇぞ…それ」

ぶつぶつと文句をたれつつ味噌汁を拭《ふ》き取る修正の姿を、フンと鼻先で笑い飛ばした京一郎は、智幸に向かって『ちょっと待ってろ』と言い残すと席から立ち上がった。

「京一郎先輩?」

「病み上がりなら、飯ぐらいちゃんと食っときな」

言いながら、賄いのおばさんたちにもう一人分の食事を頼んでくれようとしている京一郎に気づいて、智幸は慌てて引き止める。そんなことをしている間に、貴一がやってきてしまうかもしれないし、自分の我儘《わがまま》のせいで忙しい朝の時間に手を煩《わずら》わせるのは、心苦しい。

「い、いいですよ。なんならコンビニでなにか買うし…」

「ああいうのは、食堂のやってない土日だけにしとけ。昨日も寝てばっかりで、お前はまともに食ってないだろうが。それじゃ元気も出ないぞ」

しかし、有無を言わさぬ態度に智幸があたふたとしていると、こんなときばかり京一郎と息の合う修正は、『すぐだから茶でも飲んで待ってろ』と自分の椅子《いす》の前に、智幸を強引に座らせた。

お茶を手渡してくる修正に押しきられるように、仕方なくそれに口をつけると、コクと喉《のど》を通り過ぎたそれは、やけに温かく腹に染みていく。そのままそれを飲み干しながら、智幸はいまになって自分がひどく空腹だったことに気がついた。

そういえば昨日の朝、温泉饅頭《まんじゅう》を食べたのを最後に、まともなものを口にした記憶がない。一応夕食時には、貴一と重ならない時間を見計らって食堂に顔を出したものの食欲はなく、体調を理由にすぐさま部屋へと戻ってしまった。その様子を京一郎たちは見ていたのだろう。

「はい、これ持っていきな」

「え、これ…」

「おにぎりなら、教室でレポートを書きながらでも食えるだろ」

しばらくして戻ってきた京一郎の手の中には、トレーに乗った食事ではなくアルミホイルに巻かれた包みがあり、それをぽんと智幸へと手渡してくれる。どうやら気を利かせておにぎりを頼んでくれたようだ。

その心遣いにありがたく礼を述べて食堂を後にした智幸は、目の前にある階段の踊り場に立っている人影に気づいて、ビクリと肩を震わせた。

すらっとした長身に、日本人離れした長い手足。

その影が目の端を掠《かす》めただけで、貴一だとわかってしまう。

「智幸」

貴一はなぜか少し不機嫌そうな顔で、じっとこちらを見据えていた。

低く自分の名を呼ぶ声。その声に背筋がゾクリとなると同時に、胸のあたりがぎゅっと引き絞られる。いま一番会いたくなかったはずの人物なのに、視線はその人に釘《くぎ》づけになっていく。

整った綺麗《きれい》な顔立ちの中でも、ひときわ目立つ切れ長の黒い瞳《ひとみ》。それと視線が絡みあった途端、心臓がドクンと強く脈打った。

少し足早に階段を下りてくる貴一に、逃げ出すことも叶《かな》わず、智幸はまるでそこに足が貼りついたかのように、立ち尽くしてしまう。

近づいてくる影に、無意識のまま身体がビクリと震えるのが、自分でもわかった。

「もう…身体はいいのか？」

顔を窺《うかが》うように覗《のぞ》き込まれて、小さく息を呑《の》む。ほとんどケンカ別れのように貴一を部屋から叩き出してしまってから、ちゃんと顔を見たのはこれが初めてだった。

昨日の朝、突然泣き出してしまった智幸に、わけがわからないといった困惑げな顔を見せていた貴一は、夜になってから再び智幸の様子を窺いにきたが、智幸はそれを『体調が悪いから』と扉も開けずに追い返していた。

泣き顔を見られたくないというのも確かにあったけれど、貴一の顔を見て、冷静に話せるだけの余裕がまだ心の中になかったからだ。

「や……もう、大丈夫…」

　それは一日経《た》ってもやはり変わらなくて、たった一言を伝えるだけだというのに、声が震えて掠れないようにするのが精一杯だ。その頼りない響きに、かえって不安なものを感じたのか、貴一は俯《うつむ》く智幸の顎《あご》に手を添えてぐいと顔を上げさせる。

「な…、に」

　触れただけで強張《こわば》る身体を無視して、貴一はじっと智幸を見つめてくる。間近に迫った黒く澄んだ瞳に、息が止まりそうになった。

「目が赤い」

　言いあてられて、はっと視線を逸らす。けれども貴一は逃してくれる気はないようで、さらに智幸との距離を縮めるように肩を引き寄せた。

「平気だから、離せ…よ」

　じりじりと、追いつめられていくような息苦しさがある。

　貴一に触れられているところから伝わってくる手のぬくもりに、あの夜の感触を思い出してしまい、胸が早鐘を打つのと同時に強い痛みを覚えた。

　なにかを堪えるように唇を噛《か》みしめた智幸に、貴一はひどく心配そうな様子で、その形のいい眉《まゆ》を寄せている。

　いつもあまり表情を変えないため、周囲からは『すかしている』などと言われがちだが、その貴一が限られた者にだけ見せる表情に、また胸がじくじくと痛んだ。

そんな顔、しないで欲しいのに。

「でも顔色がよくない。まだ具合が悪いんじゃないか？」

囁《ささや》かれる声もどこか優しくて、まるでなにかの暗示にかかってしまったかのように、その場から逃げられないでいる。移動してきた貴一の指先に、そっと労《いたわ》るように頬《ほお》を撫《な》でられて、その気遣うような仕草に智幸は小さく身体を震わせた。

自分のすべてが貴一によって、甘く痛く、絡めとられていくようだ。

「なにしてんの？」

そのとき、二人の間を割って入るようにかけられた声に、智幸はハッと我に返った。振り返ると、いつのまにやってきたのか自分たちの背後に京一郎が立っている。

京一郎の姿を見つけた途端、貴一はその顔から表情をすっとなくすと、冷たく冴《さ》えた視線で京一郎をまっすぐ見つめ返した。

「あんたには関係ない」

「そう？」

そっけなく言い放つ貴一を気にもせず、京一郎はどこか面白そうな顔で、二人を見比べている。貴一の腕から逃げたくても、逃げ出せないでいる智幸の心境を、まるで見透かしているようにも見えた。

けれどもそんな京一郎をまるで威嚇《いかく》するかのように、きつく睨み返す貴一に、智幸は小さく驚く。

　これまで『その態度が生意気なんだ』と他《ほか》の寮生から嫌がらせを受けていたときでさえ、貴一はいつもどこか飄々《ひょうひょう》としていたから、そんな険しい顔をすることがあるとは思わなかったのだ。

　綺麗に整った顔立ちが怒りを滲《にじ》ませると、妙に迫力があることも初めて知る。こんなときだというのに、凛《りん》としたその横顔につい見惚《みと》れそうになってしまった。

「俺には関係なかったとしても、智幸にはあるんだよ。とっとと行かないと、レポート終わらないんじゃなかったか？」

　言いながら、京一郎は玄関先を示すように、智幸に向かって顎をしゃくった。そこでようやくいまの状況を思い出した智幸は、慌てて貴一の腕から抜け出した。

「あ……そう、です」

　こんなところで、魂を抜かれそうになっている場合じゃない。

　智幸は『急いでるから』と小さく呟《つぶや》くと、貴一の目と視線を合わせぬようにして、そそくさと靴を履き替える。

「いってきます」

「ああ、いっといで」

激しく睨みつけている貴一の視線をものともせず、京一郎は手を振って送り出してくれたが、それに手を振り返す余裕もないまま、智幸は玄関から逃げるように外へ出た。そうしてほとんど小走りのような状態で道を急ぎながら、大学の構内に辿《たど》りつくまで、歩調を緩めることもしなかった。

シンと静まり返った教室に飛び込むと、ようやく全身から力が抜けて、どっと大きく息をつく。まるで貴一を拒絶するように出てきてしまったことを思い出して、それにまたチクリと胸が痛んだが、それでもあれ以上傍《そば》にはいられなかった。

京一郎が来てくれなければ、智幸はあのまま感情に任せて、再び大声をあげて泣いてしまいそうだったのだ。

「情けない…」

片手で目を覆うと、先ほど見た貴一の横顔が脳裏に浮かんだ。

あれほど痛い思いをしたばかりだというのに、自分はいまだ貴一に惹《ひ》かれるのをやめられないでいる。それを思い知らされるのが嫌だったから、できるだけ顔を合わせたくなかったのに。

そっと触れてきた指先。心配そうに、少しだけ寄せられた眉。

あの深い瞳を思い出しただけで、性懲りもなくじわりと熱いものがこみ上げた。

優しくなんか、しないで欲しい。

本気で嫌われたら、きっと死ぬほど辛《つら》いくせに、そんなことを考えてしまう自分のずるさを、智幸はただ苦く笑うしかなかった。

放課後、いつものようにバイト先の本屋へと赴いた智幸は、人手が足りないという店長の言葉に便乗して、勤務時間を延長させてもらった。こんなのは逃げでしかないと知りつつも、いまはなるべくならあの寮に長くいたくないと思ってしまっている。

貴一と顔を合わせたくないというのはもちろんあったが、一人でぽつんとあの狭い六畳の部屋にいるのが辛かった。ここのところずっと、貴一は智幸の部屋に入り浸りの状態で、手を伸ばせば届く距離にいてくれたから、なおさら。

バイト先で夕食を済ませ、かなり遅い時間になってから寮へと戻ると、いつもどおり一階の食堂で何人かの仲間と談笑している京一郎を見つけて、後ろからそっと声をかける。今日一日ずっと智幸は、京一郎にちゃんと礼を言わなければと思っていたのだ。

「今朝《けさ》は、ありがとうございました」

すっかり気が動転していて気づかなかったが、あとで冷静になって考えてみれば、あんなに都合よく京一郎が智幸たちの後ろを通りがかるはずがない。今朝は、なにも言わなかったけれど、たぶん京一郎は智幸の目が赤く腫れているのに気がついていたのだろう。そしてその原因が、貴一にあるということにも。

なんだかいつも、京一郎には心配ばかりかけている。智幸が貴一に対して恋心を抱いているのを知った当初から、彼はなにかと気にかけてくれていたが、今日はそれに完全に甘える形となってしまった。

「なんだか、気を遣わせちゃったみたいで…」

京一郎は相変わらず、ただ笑っていただけでなにも答えなかったけれど、優しく見返してくる瞳を見ただけで、その予想はあながち外れていなかったことを知る。

「上で、コーヒーでも飲む?」

こんな騒がしいところではちゃんと話もできないからと、智幸を誘ってくれるその申し出に頷き、京一郎の部屋までついていく。初めて入ったその部屋は、本好きが高じて文学部にまで入ってしまったという京一郎らしく、床にも壁にもぎっしりと本が並べられていた。

「すごい量ですね」

智幸もかけ持ちでやっているバイトのひとつに、本屋を選ぶくらいには本が好きだが、京一郎には遠く及ばない気がする。素直に感嘆すると、京一郎はコーヒーメーカーに豆と水をセットしながら、小さく笑った。

不精者の多い大学寮の中で、インスタントではないコーヒーが飲めるのはきっとこの部屋だけだろう。そういえば以前、修正が『さすが美味《うま》いんだけど、アイツ金取るんだぜ？　けちくせぇ』とぼやいていたのを思い出した。きっと修正のことだから、しょっちゅうたかりにきていたのだろうけれど。

「読みたいものがあったら、いつでも持っていっていいよ」

「え、ほんとに？　ありがとうございます」

ハードカバーだとけっこうな値段がするし、文庫になるのを待っていたら何年もかかってしまう本もある。なるべく実家に負担をかけたくないからと、必要最低限の出費以外は自分のバイト代で賄っている智幸にしてみれば、その申し出は涎《よだれ》が出そうになるくらいありがたかった。

それに目を輝かせて大きく頷くと、京一郎がぷっと噴き出しながら肩を揺らしはじめたのに気づいて、首を傾《かし》げる。

「……なんですか？」

「いや…、いま『ラッキー、お金かからない』とか思っただろ？」

「う…、すみません」

「別に責めてるんじゃないって。思ったことが素直に顔に出るんだなと思ってさ」

京一郎の台詞《せりふ》に、ドキッとする。似たようなことをいつも貴一に言われていたことを思い出した智幸は、それにくしゃりと顔を歪《ゆが》めた。

「それって、俺がそれだけ単純だって言いたいんですか？　やだなぁ先輩まで、そういうこと言わないでくださいよ…」

「はは、他でも似たようなこと言われてるのか？」

　さらりと返されてきたその言葉に、智幸はなんと返していいのかわからずに唇を噛みしめる。軽く笑って流してしまえばよかったのに、動揺してしまった智幸に気づいたのか、京一郎はそれ以上を尋ねてこようとはしなかった。

　手渡されたマグカップから、コーヒーの芳醇《ほうじゅん》な香りが立ち上っていく。インスタントとはやはり違うその香りに誘われて口をつけると、ほろ苦い温かさが胸に染みた。

　京一郎はいつも優しく、穏やかだ。優しそうな外見とは違って、ただ人がいいだけの男ではないのだろうけれど、それでも京一郎が、『うん、うん』と頷いて聞いてくれるだけでなんだかホッとする。だからこそ寮生たちもきっと、些細《ささい》なことでさえ京一郎に相談し、素直に胸の内を話してしまいたくなるのだろう。

　京一郎はいつもと様子の違う智幸に対して、『なにかあったのか？』と聞いてこようとはしなかったが、代わりにこうして部屋に呼び、ただ黙って傍にいてくれる。その優しさが、温かいと思った。

　きっと智幸が話したければ、いつでも聞いてくれるのだろうし、言いたくなければそのまま知らないふりをしてくれるつもりなのだろう。

智幸は手の中のコーヒーをじっと見つめていたが、やがて覚悟を決めたように、小さく息を吐き出した。

「俺、アイッと……」

「うん?」

「…寝ました」

こんなことを聞かされても、困るだけだろうかと一瞬思ったけれど、京一郎は茶化すわけでも、嫌そうな顔をするわけでなく、やはり『うん』と頷いてくれただけだった。それに胸の奥が熱くなる。

「もしかして……それ、無理やりだった?」

ふと思いついたのか、こちらを窺うような声で告げられた言葉に、首を傾げる。

「え?」

「いや、念願が叶ったにしては、なんだか悲壮感が漂ってるからさ。思い余った貴一に、強引に押し倒されでもしたのかと思って」

「まさか…」

そんなこと貴一がするわけがないと、苦笑を浮かべて智幸は首を横に振った。

どちらかといえば、強引に言うことを聞かせたのは、こっちのほうだ。それは力によってではなく、優しさと引き換えにだったけれど。

「そんなことしなくても、貴一なら相手にこと欠きませんよ。なにを好きこのんで、こんなやせっぽちのまったいらな身体なんか、無理やり押し倒すっていうんですか」

それを思い出すと胸が痛む気がして、ごまかすようにわざとおどけてみせたが、京一郎は智幸の言葉に『そうか？』と悪戯《いたずら》っぽく笑い返してきた。

「あの様子だと、まんざらでもないと思うけど…」

「え？」

「いや……なら、なにをそんなに落ち込むことがあるわけ？　思いが叶ったんだから、本当は幸せの絶頂期のはずだろ。それとも勢いで寝てみたはいいけど、あとから冷静になったら、急に男同士だってのが怖くなったとか？」

「ちが…っ、そうじゃないです。…そんなんじゃ……」

そういうことじゃない。むしろ、幸せだったからこそ、なによりも辛かった。

これが恋じゃないと知ることが。

同じ心の温度で、想ってもらえないということが。

同性を好きになったことを後悔して離れられるぐらいなら、抱きあう前にとっくに諦《あきら》めがついている。そんなものぐらいじゃ、貴一に向かって流れていく心の動きを止めることはできなかったからこそ、あの腕に抱かれたのだ。

なのにいまは貴一を欲した激しさと、同じくらいの深さで、胸の痛みを感じている。

「俺、アイツに…好きだってついぽろっと言っちゃったんです。そしたらアイツのほうからキスしてきて…。まさか受け入れてもらえると思ってなかったから、俺、すごく嬉《うれ》しくて。でも…本当は、アイツそんなつもりは全然なくて……」

言いながら、あの日のことを思い出してしまい、喉の奥から熱いものがこみ上げてきたが、それを隠すように智幸はわざと明るい口調で先を続けた。そうでもしなければ、泣いてしまいそうだった。

「アイツ、俺には世話になってるからって…。俺のこと、好きなわけでもなんでもないくせに。お礼代わりに男なんか抱いて、バカなヤツですよね」

バカなヤツだと言いながらも、それはきっと自分のほうだろうと思った。

キスしてもらえて、『智幸ならいい』と言われただけで、有頂天になっていた。貴一は智幸の告白をただ受け入れてくれただけで、別に好きだとも言っていなかったのに。

それを勝手に勘違いして、勝手に傷ついている自分のほうが愚かなのだろうし、貴一にとっても迷惑な話でしかないだろう。

「それ、あの男が言ったのか？　世話になってるから手を出したって？」

智幸の話に、少し驚いたような様子で京一郎は聞き返してきたが、改めて他人の口から言われると、あのときの痛みを鮮明に思い出してしまう。それを慌ててごまかすように、智幸はコクリと頷いた。

「はっはー……、そりゃ確かにすごいバカだな、あの男」

どこか呆れた口調で呟く京一郎に、智幸はスンと鼻をすすりながら、自嘲《じちょう》気味に小さく笑った。

「俺も…バカですけどね。それに今回のことで、自分がひどい欲張りで、どうしようもない強突く張りな人間だって、思い知りましたし」

「お前のどこが、欲張りだと思うんだ？」

呟きに、京一郎は肩を竦《すく》めるとわからないという顔をしてみせた。それになんだか少し慰められているような気がして、智幸は苦笑する。

「こっちを向いてもらえただけで、我慢してればよかったのに。…心までぜんぶ欲しいなんて、欲張りすぎた」

「バカだな。本当に欲張りでどうしようもない人間だったら、いま頃とっくにその立場を利用してるだろ。向こうから手を出してきたんならなおさら、その責任をとれって、脅してやればよかったのに」

「え？」

突然過激なことを言い出す京一郎に、きょとんと智幸が見返すと、京一郎はフンと鼻を鳴らしながらさらに続けた。

「人に手を出しときながら、のうのうと『世話をしてくれたお礼』だなんてアホなこと言ってんなら、こっちもそれを逆手にとって、世話してやった分はちゃんと返せって、あのバカにつけ込んでやればよかったんだよ」

ひどく意地悪そうな顔で、『どっちにしろ、そんなことじゃアイツは痛くも痒《かゆ》くもないだろうけどな』と呟く京一郎に、智幸は小さく笑った。

「そんなの、……できませんよ」

「なんで？」

「だって、そんなの……」

——意味がない。心がここにないのなら。

「そういうんじゃなくて。俺は、ただ……」

続けようとして……けれどもそれ以上は言葉が出てこなかった。その代わりに、ずっと堪《こら》えていたはずの涙が一粒こぼれ落ちた。

京一郎しかいないとはいえ、人前で泣きたくなどなかったから、慌ててそれを手のひらで拭《ぬぐ》ったけれど、堪えようとすればするほど、熱いものは身体の奥から溢《あふ》れ出していく。

唇を噛みしめたまま、必死で涙を堪えている智幸の姿に、京一郎はひとつ大きく溜め息をつくと、まるで慰めるかのようにぽんぽんと手のひらでその頭を叩いた。

「ほんと、アイツはどうしようもないヤツだね。こんなに想ってもらっているっていうのにな」

呆れたような調子ではあったが、どこか優しい響きを持つその言葉に、京一郎はきっとわかってくれているのだと感じた。『ただ好きになってもらいたかっただけなんだ』と言いたくて、そう続けることができなかった、智幸の気持ちを。

諦めの悪さは、いまでもどうやら健在らしい。本当はどこかで決着をつけなくちゃいけないことは、わかっているけれども。

たとえばなにかの代償としてではなく、貴一から自発的にキスをしたいと思ってもらえたのだとしたら、どんなにか幸せだったろう。懲りない自分は、いまでもそんな夢みたいなことを思っている。

自分の大好きな人に、同じくらい想ってもらえる日が来るなんて、そんなの奇跡に近い確率だと知っているのに。

「ま、あの甘ったれを庇《かば》うわけじゃないけど、アイツはまだまだガキなんだよ。図体ばかりはでかいけどな」

吐き捨てるような京一郎の言葉に、智幸は濡《ぬ》れた目を瞬かせた。いつも飄々としていて、周りの人間よりもどこか大人びて見える貴一に向かって、『図体だけがでかいガキ』だと平気でこき下ろせるのは、京一郎くらいのものだろう。

「精神発達が遅いせいで、自分の気持ちに対する自覚も足りないときてる。そんなのにつきあわされるほうの身にもなれって言うんだ。まぁ……、智幸もさ、今回のことではかなりきつい思いをしたんだろうし、アイツのことは少しぐらい放っとけば？」

「……うん、わかってます。俺も…もうアイツの世話は焼かないって決めたし…」

好きになってもらえないから、世話は焼かないなんて、そんな身勝手なことを思ったわけじゃないけれど、こうでもしなければ自分の気持ちにいつまでも踏ん切りがつきそうにない。

けれども智幸のその言葉に、京一郎は少なからず驚いたようで、『え？』と目を見開いた。それには智幸のほうこそ面食らってしまう。

「へぇ……、それ本気？」

「はい」

きっぱりと答えると、京一郎はどこか面白そうな顔をしながら、小さく笑った。

「ふーん。ま…あのバカには、いい薬なんじゃないか？」

にやにやと笑っている京一郎は、もしかしたら智幸にそんなことできるはずがないと思っているのかもしれないけれど、智幸は本気でそう考えていた。

好きだからこそ、ついいろいろと世話を焼いてしまったが、変なところで几帳面な貴一は、いつか智幸にその借りを返さなくちゃいけないと思っていたのだろう。その代償として、智幸の恋心につきあおうなどと思われてしまうくらいなら、いっそきっぱり切られてしまったほうがいい。

つきあう女性が次々と変わっていた貴一にとって、誰《だれ》かと身体を重ねることなどたいした意味はないのかもしれないが、智幸にとっては天と地ほどに違った。

きつく抱きしめられた瞬間、息が止まりそうなほど幸せだと感じたからこそ、このままではいけないとも強く思った。

「もう一杯飲む？」

「ありがとうございます」

空になったマグカップに、京一郎は残っていたコーヒーを注《つ》ぎ足してくれる。それをありがたく頂戴《ちょうだい》しながら、少しだけ軽くなった心の分も含めて、智幸は京一郎に感謝を述べた。

きっと智幸がつれなくすれば、貴一はあっさりと自分から離れていくのだろう。これまでの彼女たちと同じように。

友人にすら戻れない。それを思うと身を切られるような思いがしたが、かえってそれでいいのかもしれないとも思った。

きっと自分はいつまでも、貴一を友人だとは思えないだろうから。


京一郎にもう一度、コーヒーのお礼を言って部屋を出ると、もう消灯時間を過ぎているせいか、いつもはざわついているはずの寮はシンと静まり返っていた。蛍光灯の薄ぼんやりとした光の下を静かに歩き、自分の部屋へと戻ってきた智幸は、その扉にもたれるようにして立っている影に気づいて、はっとその場に立ち止まる。

「こんな時間まで、どこに行ってたんだ」

「…貴一」

貴一は少しイラついた様子で、智幸をじっと見つめていた。それになぜか背筋がざわりとなるのを感じて、智幸はぎゅっと手のひらを握りしめた。

「お前こそ、どうしたんだよ。こんな時間に…まだ寝てなかったのか?」

「……レポートを書くのに必要な資料が、お前の部屋に置きっ放しだったから…取りにきた」

「あ…ああ、そっか」

貴一がずっと入り浸っていたせいで、智幸の部屋の中には彼の私物があちこちに散らばっている。その中に難しそうな教科書や、医学雑誌などがあったことを思い出して、智幸は慌ててポケットから部屋の鍵《かぎ》を取り出した。

「ごめん、ちょっと待ってて」

貴一がいつからそこで待っていたのか知らないが、智幸がいつもの時間には部屋へ帰ってくるはずだと思っていたなら、かなりの時間待たせてしまったことになる。

鍵を開け、慌てて部屋の電気をつけると、隅へと追いやられていたテーブルの脇に積まれていた本を見つけて、それを手に取る。洗濯したままでまだ畳んでいない衣類の中に、貴一の服を見つけて、それもついでに手繰り寄せようとしたとき、突然後ろからきつく抱き竦められた。

驚きに手の中から滑り落ちた本が、どさどさっと音を立てて足元に散らばっていく。

「ちょ…な……」

背中から抱きしめられたまま、項《うなじ》のあたりに唇を押しあてられてビクリと身体が強張った。貴一の両腕は智幸の身体をすっぽりと覆うようにまわされ、そこから逃れることもできなくなる。

「よせ…って、やめ…ろよ」

「智幸…」

優しく響く、低い声。それに背筋がゾクリとなるのは、あの夜を思い出すからじゃない。どうしたらいいのかわからず、うろたえるばかりの智幸に、貴一はくるりと身体の向きを変えさせると、当然のようにその顔を寄せてきた。

まさか……。

「貴一…っ」

制止も空《むな》しく、貴一は少し荒々しい仕草で智幸の唇にキスを落とした。

重なった唇の柔らかな感触に、眩暈《めまい》を覚える。少し濡れたような、温かいそれは、あの夜何度もかわしたキスを嫌でも思い起こさせた。

唇や、抱きしめられている部分から、甘い痛みが駆け抜けていく。抱き寄せてくる胸を強く押して、その腕から逃れようともがいたが、宥《なだ》めるようにするりと入り込んできた舌に、かえってキスは深いものへと変化しただけだった。

抱き寄せてくる腕の強さとは裏腹に、舌の動きはどこか優しく、身体にジンと震えが走る。そうしている間にも、だんだんと激しくなる口づけに、立っているのさえおぼつかなくなって、必死でその腕にしがみついた。

けれども、いつのまにかシャツの裾《すそ》からするりと入り込んできた手のひらに、ぞわりとした甘い痺《しび》れを感じた瞬間、それ以上をもう堪えることができずに、智幸はばっとその手を振り上げていた。

「やめ…、離せって!」

バシッと小気味よく響いた音に、智幸がはっとなったときはもう、貴一を思いきり殴りつけたあとだった。

貴一はひどく驚いたような顔で呆然《ぼうぜん》と智幸を見つめていたが、いくら平手だったとはいえ、好きな男の顔を殴ってしまったことに、智幸自身も強いショックを受けている。それでも、このまま流されてしまうわけにはいかないと、智幸はぐっと腹に力を入れて貴一をまっすぐ見つめ返した。

「お前……、なんでこういうことすんの？」

その温かい手や、焦がれてやまない唇で。

そんなふうにされたら、いつまでも吹っ切れなくなるのに。

貴一には智幸を想う気持ちがないと知っていながら、それもどうでもいいと思ってしまいたくなる。

まるで泣き出しそうに顔を歪めながらも、その瞳だけはきつく見つめ返してくる智幸の姿に、貴一は昨日の朝と同じく困惑げな顔をしてみせた。

「なんでって…、智幸のほうこそ昨日から…いったいなにを怒ってるんだ？」

『もしかしてまだ、身体の調子が悪いのか？』とまるで見当違いな心配をする貴一に、智幸は眉を寄せると、そんなことじゃないと小さく首を振った。

きっと――辛い部分があるとしたら、それは身体ではなく、心のほうだ。

「なんでお前…、俺なんか抱いたりしたんだよ…」

「もしかして……それが嫌だったのか？　でもお前、俺を好きだと言ってただろう？」

ぽつりと疑問を漏らすと、当然のように返されてきたその答えに、一瞬胸のあたりが軋《きし》んだ気がして、ぎゅっと目を瞑《つぶ》る。

わかっていても、改めてそれを突きつけられるとやはりショックは大きかった。智幸が好きだと言ったから、貴一はそれに応《こた》えただけにすぎないのだということを。

「そう…だよ。俺は、お前が好きだったから、そう言ったんだ」

「なら、こういうことされれば嬉しくならないか？」

貴一は本気で、わけがわからないという顔をしている。きっと本当にわかっていないのだろう。貴一にしてみれば、智幸が望むとおりのことをしてやっただけのつもりなのだから。

これまで彼がつきあってきた女の子たちと同じように、好きだと言われたから優しくキスをし、その手で抱いた。それが相手の気持ちに応えることだと、貴一はきっとそう思っている。だからこそ、なぜこうまで智幸がショックを受けているのかが、わからないでいるのだろう。

行為そのものではなく、そこにどれだけの想いがこめられているかが、本当は一番大切なはずなのに。

「……嬉しかったよ。俺は貴一が好きだったから、キスをしたかったし、それ以上のことだって本当は……メチャクチャ死にたくなるぐらい、嬉しかった」

「じゃあなんで……」

「でも…っ！　俺はお前に、そんなふうに無理してまでつきあってもらいたくなんか、なかったんだよ…っ」

気持ちの上で応えるつもりがないのなら、素直にそう言って欲しかった。宥めるように身体だけもらっても、あとが辛いから。

それを初めにちゃんと伝えておかなかった自分も、きっといけなかったのだろうと思うけれど。

「別に無理なんかしてないって、ちゃんとそれは初めに言っただろ。智幸ならいいって。俺は……ただ、智幸に喜んでもらいたかっただけだ」

その言葉に、思わず涙がじわりと滲んだ。

どこまでも優しいそれに胸を熱くさせられながらも、それでも貴一はやはり自分に対して恋心のかけらすらなかったのだと、再び思い知らされたような気分だった。

「お前が俺を気遣ってくれたのはわかるし、嬉しいと思うよ。でもさ……それはもう、違うじゃんか…」

それはたぶん、恋じゃない。世話になっている相手に望まれたから、望まれたものを返すだけなら、それはもう違うものだろう。

「なにが違うんだ?」

少し焦《じ》れたような様子で、智幸を真剣に見つめてくる瞳が愛《いと》しくて、だからその分泣きたくなった。

人の気持ちに少し疎いところもあるけれど、きっと貴一は一度懐に入れた相手に対しては、どこまでも優しくなれるのだろう。智幸が望めばきっと、このままつきあい続けてくれるに違いない。わかってはいたけれど、ならばなおさらこのままではいるわけにはいかなかった。

初めはただ貴一を好きなだけで、それでよかったはずだ。

なのに気づけばいつのまにか欲張りになって、同じように想う心がなければ、嫌だと思ってしまっている。

ただの身勝手な言い分でしかないけれど、それが智幸の本音だったから。

「あのさ…貴一。……お前、本当に心から誰かを好きになったことってある？」

突然、関係のない話を切り出した智幸に、貴一はなんのことかと切れ長の目を訝《いぶか》しげに細めたが、智幸はそれを気にせず先を続けた。

「その人が傍にいてくれるだけで嬉しくなって、ちょっとしたことでも泣きたくなったりすんの。自分の前で笑ってくれるだけで幸せで、もっと笑ってもらいたくなって…いつも必死になって……」

たとえ貴一に、どんなにきつく抱きしめられたとしても、そういう温かくて優しい気持ちを、貴一が智幸に抱くことはないんだろう。

それでもいいと思うほど割りきることはできないし、追い縋《すが》ってこちらへ振り向かせることもできない。人の気持ちが、そんなことでは変わらないと知っているから。

「別に、その人が自分に対してなにもしてくれなくてもさ…。もしもそんな人が相手だったら、好きだって気持ちはきっと少しも変わらないと思う」

ほんの少し、貴一が笑ってみせただけで、この心が震えたように。

おはようと挨拶《あいさつ》をかわせた朝は、その日一日なんだかとても幸せだった。無造作に髪を掻《か》き上げる仕草に、胸が詰まった。そういう些細な出来事がなによりも愛しくて、宝物のようだった。

「俺はそういうふうにお前が好きだったよ。キスしてくれるからとか、抱いてくれるから好きになったわけじゃない…」

苦しい気持ちを伝えると、貴一はわずかに俯いて言葉を探していたようだったが、やがて覚悟を決めたように低く声を押し出した。

「俺は……、きっとそういうふうには思えない」

わかってはいたけれど、貴一の言葉にやはり胸はぎしりと痛んだ。

それでも貴一がごまかしたりせず、ちゃんと答えてくれたことに、心から感謝した。痛くても、それは本当のことだとわかったから。

「悪い…」

「……ううん、それはいいんだ。本当に貴一が謝る必要なんてないんだよ。人を好きになる想いの形なんて、人それぞれだろうから。でも……俺の場合は、こういうのはけっこう辛いからさ…」

キスは甘く優しくて、抱擁は熱くて愛おしかった。

だからこそ、気持ちがここにないのがなによりも辛かった。

謝る貴一に慌てて首を振ったけれども、その拍子に目の縁に溜まっていた涙がぽろりと伝って落ちていく。

「あ、あれ？　ごめん…なんでだろ」

急いでグイと拭ったけれど、貴一にはしっかり見られてしまっていたようで、ひどく心配そうな顔をされてしまった。切れ長の目をわずかに細めて眉を寄せるその表情に、また懲りずに胸が摑まれそうになる。

本当は、こんなにも好きな気持ちを、貴一に知って欲しかった。

貴一のちょっとした仕草で、どれだけこの胸が満たされていくのかを。その小さなキスで胸がジンと熱く震えることも。

同じくらいだなんて、そんなおこがましいことは言わない。それでも、もしもできることなら、ほんのちょっとでもいいから、智幸が貴一からもらったこの温かなものを返してあげたかった。

こんなふうに無意識にこぼれてしまう涙の意味も、もしかしたら貴一には、一生伝わらないのかもしれないけれど。

「智幸…」

慰めるつもりなのか、貴一の指先が智幸の頰にそっと触れてきたけれど、それを振り払うようにして智幸は貴一から離れた。

「ごめん。俺は……、もうお前の世話をしないことに決めたから。だからお前も、もう俺に気を遣わなくていいんだ。そんなふうに優しくしたり、キスとか…そういうことも、もうしてくれなくていい」

強く拒まれたことがショックだったのか、すっと顔色をなくして智幸をじっと見つめてくる貴一に、いたたまれなくなる。

もともと整った顔立ちがそうやって表情をなくすと、まるで感情のない人形のような雰囲気さえ感じさせる。そんな冷たい顔を自分がさせているのかと思うと、胸が痛んだ。

ちょっと拗《す》ねたような口許《くちもと》とか、照れたような小さな笑み。限られた者にしか見せないそんな貴一の素顔まで、失ってしまったような気がして。

「頼むから……お前ももう、俺に優しくしないで」

そうじゃないと、諦めきれなくなる。

もうやめよう、やめておこうと、何度もそう思うのに。ほんの少しその指に触れられただけで、弱くなってる。きっとあと一度でも優しくキスをされたら、自分はそれだけでもいいと思ってしまうんだろう。

お情けでもいい。優しさの代償でいいから、こっちを向いて欲しいと泣いて縋りつきたくなるだろう。それだけは嫌だった。

小さな懇願をこめて囁くと、貴一は感情の読み取れない冷たい表情をしたまま、静かに頷いた。

「わかった」

それだけ言うと、くるりと背を向けた貴一から視線を外して、智幸は俯く。パタンと閉じた扉の音に、息が詰まるような苦しさを覚えたが、それでもただじっとそれを堪えた。

キスしてくれなくていい。抱いてくれなくていい。

そんなことを言いながらも、本当は誰よりそれを望んでいる自分を知っている。でもそれを認めてしまうのは、痛すぎた。

一時の慰めなら、なにもくれなくていい。

これでいい。きっと、貴一はきっとすぐに自分のことなど忘れるだろう。そうして、また新しい誰かを抱くのだろう。あの綺麗で、涼しげな瞳を見せて。

そう自分に言い聞かせながらも、プライドもなにもかも投げ捨てて追いかけてしまいそうで、その背を見送ることさえできなかった。

「………っ」

嗚咽《おえつ》が喉の奥からこぼれてしまいそうだったけど、それは必死に噛み殺した。

キスが欲しかった。その腕に抱かれてみたかった。

けれどもそれ以上に、『好きだ』というそのたった一言が、自分は一番欲しかったのだろうと智幸は思った。きっと、心から。

「いま配ったやつの二枚目を、来月までには提出すること。そうじゃないと、夏休み中メシ抜きで困ることになるのは自分だからな」

さまざまな学部の人間が入っている寮で、全体連絡もなしに全員が顔を合わせるのは難しいが、それでも食事の時間は比較的人が集まっている。そこを見計らってプリントを配った京一郎は、『いまいないヤツには管理人室まで取りにくるよう伝えといて』と締めくくると、智幸たちのいるテーブルへと戻ってきた。

トレーに並べられた朝食に箸《はし》をつけながら、プリントを覗き込んでいた智幸は、そこに書かれている内容にざっと目を通して、きょとんと目を見開く。

「ここの寮って、夏休みもやってるんですか？」

そこには夏休みに入るにあたっての簡単な注意事項が並べられており、もう一枚のプリントには、各自の滞在日程と、食事の有無が書き込めるようになった表がついていた。

「ああ。帰省したくても、卒論を抱えてたりとか、就職活動をしてるやつもいるからね。運動部に入ってるとインカレに向けての合宿もあるし、毎年けっこうの数が残ってるよ」

そう説明してくれた京一郎も、院へ進むために今年は寮に残って勉強をする予定だと教えてくれた。大学が夏休みに入ったら、てっきり寮も閉められるものだと思っていた智幸は、その事実に少しだけ驚く。

さすがにお盆休みの一週間だけは、賄いのおばさんたちも休みをとるので、食事は抜きとなっていたけれど、あとは前もって知らせておけば、朝夕の食事はいつもどおり用意してくれるらしい。もちろんあとからの調整もできるけれど、いつもより仕入れが少ない関係上、わかる範囲の予定だけでも知らせておく必要があるとのことだった。

「へぇ…、じゃあ無理して向こうでバイトを見つけなくてもいいんだ」

「なんだ？　智幸は実家に戻るつもりだったのか？　寮も楽しいぞ」

デザートに出されたスイカへかじりつきながら、智幸と京一郎の会話を聞いていたらしい修正は、智幸の呟きに視線だけこちらへ向けてくる。どうやら修正も寮に居残りを決めているらしい。

「いや、ここ閉まっちゃうと思ってたんで。地元に戻るなら、夏休みだけのアルバイトを探そうと考えてたんですけど、そういうのって夏休み前にほとんど決まっちゃうみたいだし、ちょっと弱ってたんですよね。寮に好きなだけいていいなら、助かります」

「夏休みに入ってすぐに家に戻るのなんて、どうせ一年の内だけだけどな。二、三年ともなると、『家にいると親がうるさい』とかって、すぐ戻ってくるようになるぜ？　めんどくさくて、初めから家に戻らないやつも中にはいるけどな。……ふふふ、そしてそんな人たちのために…」

『ジャジャーン』と言いながら、修正は予定表の端に書き込まれている、いくつかの文字を指差した。

「夏の恒例行事をオススメ中。……というわけで、もし寮に残る気があるなら、お前も参加しろよ。大勢のほうが楽しいから。あ、会費はそのつどもちろん徴収するけど、他にもおばちゃんたちの差し入れとかあるから、けっこう豪勢だぞ？」

夏休みに入った初日のみ、全室あげての大掃除とある他は、『納涼大会』だの、『バーベキュー大会』だのと遊びの予定ばかりがいくつか記載されている。きっとまた修正が、先頭立って計画を立てたものなのだろう。修正のようなムードメーカー的存在がいるだけで、家族と離れて寮で過ごす人間も、淋《さび》しさを覚えないでいられるのだろうと、ありがたく思った。

そのときふと頭の中に思い浮かんだ人物を探して、智幸は食堂の中をこっそりと見まわしたが、その中には貴一の姿は見あたらなかった。

智幸が貴一の世話をもう焼かないと本人に伝えてから、すでに二週間近く経っている。その間、智幸はほとんど貴一と顔を合わせていない。一度だけ、貴一がレポートを書くのに必要だと言っていた本を彼の部屋へ届けたけれども、どれだけ待っても貴一は戻らず、仕方なく紙袋に入れて扉のノブにかけておいた。次の日にその紙袋はもうなくなっていたから、一応寮に戻ってきてはいるのだろう。

歯学部に所属している貴一は、もともとかなり忙しいようだったが、互いの部屋を行き来しなくなってからはますます、その姿を見かけなくなってしまった。

噂《うわさ》によると歯学部は、一、二年の間に教養科目や基礎的な教科をつめ込むために、単位を取るのがかなり大変だと聞いている。貴一も図書館などにつめていることが多いらしく、朝ならまだしも、それぞれがばらばらにとる夕食時には、ここで顔を合わせることはまずなかった。

もしかしたら……避けられているのかもしれない。

ケンカ別れのような終わりを迎えてしまった智幸の顔など、もう見たくはないから、わざと貴一は時間をずらしているのだろうかと、ふとそんなことまで考えてしまうこともある。

そうしてそれを思うたび、性懲りもなく痛みを覚える自分を、智幸は苦く笑った。

自分からその手を離したくせに、しばらく姿が見えないというだけで、淋しく思うこと自体おかしいのに。

「そういや白河のヤツはどうすんだろ？　最近こっちで姿を見かけねーけど、寮に残るとかそういう話、聞いてるか？」

「……いや、俺も…ここのところずっと会ってませんし…」

まるで智幸の考えていたことを見透かすような、修正の言葉にビクリと身体を震わせる。

ここ最近、貴一の姿を見かけないのは修正や京一郎もどうやら同じらしかった。

「アイツもかなりいまは忙しいみたいだからね、あとで俺から聞いとくよ」

質問に答えられない智幸の事情を知っているからか、さりげなく助け舟を出してくれる京一郎に感謝する。

修正に言われるまでもなく、智幸も夏休みの間、貴一がどうするのかは気になっていた。たいていの寮生がそうであるように、たぶん貴一も実家に戻るのだろうと予想はしていたが、夏休み中も寮が開いているとなればまた話は変わってくる。

両親のもとではなく、叔父《おじ》の家でやっかいになっているという貴一は、これ以上あの家に世話になるつもりはないからと、この寮に入ったのだと聞いている。

たまに帰省しても、たいていは泊まらずに寮へと戻ってきていたから、もしかしたら夏休みの間も貴一は帰省しないのかもしれないと思ったが、実際どうなのかはわからなかった。

彼を待つ場所があるのなら、そこへ戻ったほうがいいとも思うけれども、もし戻る気がないのなら、ここで修正たちとバカ騒ぎするのもいいだろう。とはいっても、もともと人と接するのがあまり得意ではなく、また酒もダメだと話していた貴一が、そうした行事に本当に参加するかどうかはあやしかったが。

「なんだよ。なに考え込んでんの？」

プリントを見つめたままじっとしていた智幸は、修正に顔を覗き込まれてギクリと顔を強張らせた。

気づけばつい貴一のことばかり考えてしまっている。そんな自分をごまかすように、慌てて首を横に振ってみせた。

「い、いや…なんだかこの予定表、ちょっと淋しい気がするなーと思って。男しかいない寮で、花火大会っていうのも…」

「ああ、せっかくの夏休みだし。いつもは表向き女子の連れ込み禁止だけど、こういう日だけはオッケーってことになってるんだよ。彼女連れで来るヤツも多いし」

「へぇ…、先輩たちも誰か呼ぶんですか?」

寮内での飲み会はよくあるが、さすがに女子がそれに加わることはない。京一郎の話に珍しいなと思いつつ、なにげなく返した質問に、修正の頬がビクとひきつった。

「お前、それわざと聞いてんのか……?」

「え? あ……と。いや、すみません」

隣からがしっと肩を組みながら、横目で睨んでくる修正の視線に、智幸は彼がつい先月、彼女に振られたばかりだったということを思い出した。あのとき、かなり修正は荒れていて、ヤケ食いに智幸もつきあわされたのだ。

「謝られると、余計に悲しくなるんだよな」

「うげ……アイタタ。ちょっと、痛いですって!」

途端に力をこめて頭を抱きかかえてくる腕に、智幸はじたばたともがいたが、それはなかなか外れそうにない。さらにがしがしと髪をかき混ぜてくる修正へ、大げさに声をあげると、突然その腕は智幸の頭から離れていった。

完全に智幸で遊んでいるらしい修正に、京一郎がストップをかけてくれたのだろうかと思って、ぐしゃぐしゃになった髪に手をやりながら顔を上げたが、けれどもそこには想像もしなかった人物が立っていた。

「通行の邪魔ですから、こんなところでじゃれてないでください」

「…貴一……」

驚く智幸の目の前で、貴一は険しい表情をしながら修正の右手を掴まえている。その横では強く手首を掴まれた修正が、『オイ、こっちのほうが痛いって』と泣き言を漏らしており、そこでようやく貴一はその手を離した。

「久しぶりだな。ちょうどよかった、これいまみんなに配ってたところだから、記入して来月までに提出しろよ」

京一郎に手渡されたプリントを受け取って眺めている貴一は、先ほどから智幸とは視線を合わせようともしない。それをどこか当然だと思いつつも、やはり少し悲しかった。

貴一は智幸たちのテーブルの横を通り抜け、背後にある自販機に小銭を入れると、紙パックの牛乳をひとつ購入する。そうしてそのまま食堂を出ていこうとする後ろ姿に、修正は驚いたように声をかけた。

「なんだお前、朝メシ食わねーの？」

「…食欲ないんで」

「なに言ってんだ、そんなデカイ図体して。朝から食うもの食わなきゃ、動けないだろ」

ほら、とすかさず貴一の腕を掴んだ修正は、京一郎の隣の席へと強引に座らせる。それに少しだけ不快そうに眉を寄せた貴一を、どこか面白そうな顔で眺めた京一郎は、自分のトレーからまだ手をつけていないヨーグルトを取ると、ぽんと貴一の前に差し出した。

「そうそう、牛乳なんか飲んでるくらいなら、ほらこれだけでも食ってけよ」

隣に座るのさえ嫌がっている貴一を知りながら、嬉々《きき》としてそれを煽《あお》るようなことをしてみせる京一郎に、見ている智幸のほうが頭を抱えたくなってくる。

「少しだけでも食べたほうがいいって、なぁ？　智幸」

「え、あ…うん。それはもちろん…」

突然話を振られて面食らう。かくかくと慌てて頷くと、そこで初めて貴一は智幸へと視線を向けてきた。

久々に、まっすぐ合った瞳はやはり綺麗で、胸がざわめく。まさか突然こんな近くで話す機会があると思っていなかったから、心の準備ができてなかった。

もしかしたらこのまま席を立っていってしまうかもしれないとも思ったが、貴一は珍しく京一郎の言葉に素直に従って、ヨーグルトとスプーンを手にとった。その顔がやけに白く目に映るのが気にかかる。心なしか、頬もこけた気がする。もともと目鼻立ちのはっきりとした顔立ちをしていたが、それがさらにシャープな印象を際立たせていた。

「……お前、なんか顔色悪くない？」

「いや、いつものヤツだから」

恐る恐る尋ねると、貴一はヨーグルトを口に運びながらちゃんと答えてくれる。それにホッとはしたものの、やはり少し疲れているようにも見えた。

いつもの…とは、低血圧のことだろう。もともと上が八十しかない貴一の血圧は、起き抜けが一番ひどく、なかなか目を覚まさない。起きてもしばらくはボーっとしていて、食事など喉を通らないのだ。

「そういえば貴一お前、いま坂下《さかした》教授のバイトやってるんだって？　あそこの書庫、ほとんど掃除してないから大変だろう？」

初めて耳にする京一郎の言葉に、なんの話かと智幸が二人を見比べると、貴一はぷいと視線を逸らして『別に…』とだけ答えた。

「なんですか？　その書庫のバイトって……」

「文化人類学の研究室なんだけど、そこの教授が資料を溜めるだけ溜め込んでるくせに、整理がすごいへたなんだよ。よく提出したはずの生徒のレポートを紛失したりもしてるし。だからたまに、書庫整理としてバイトが雇われるんだけど、いつもは文学部の生徒が呼ばれるのに、なぜか今年は歯学部の生徒が出入りしてるって聞いたからさ」

「へぇ…、そんな教授がいるんですか」

「学部も違うのに呼ばれるなんて、気に入られたね」

京一郎に誉《ほ》められたことが気に入らなかったのか、貴一はぴくりと頰をひきつらせると、無愛想な顔のまま口を開く。

「……図書館にいたら『暇なら手伝え』って言われただけだ」

「暇ならって…その時間がないから、いつも放課後に残って遅い時間までやってるんだろ？　まぁ、あの教授に気に入られるだけでもすごいと思うけど」

確かに学部の授業だけでもかなり大変だと聞いているのに、その上さらにバイトもしているとあっては、貴一が忙しいのも無理はない。京一郎の話からすると、貴一は最近ずっとそこへ通いつめているようだった。

そのせいで、ここのところ顔を合わせなかったのかと合点がいく。

故意に避けられているわけじゃないと知って、智幸は心から安堵《あんど》の溜め息をついた。その瞬間、智幸をじっと見つめてくる貴一と視線が合って、慌ててしまう。

別に、考えていたことを見透かされたわけではないのに。

「バ、バイトだかなんだか知らないけどさ、飯ぐらいはちゃんと食えば？　おばちゃんたちだって、わざわざ早く来てみんなの分作ってるんだから。自己管理もできないヤツが、バイ

『もうトなんかしてんなよ」

貴一に向かって、きつく言い放ってしまったが、その傍から智幸は後悔していた。『もうお前の世話はしない。優しくもしない』と言ってしまった手前、『無理するなよ』と声をかけるのはなんだかはばかられて、ついそんな言葉を並べ立ててしまったが、これでは嫌味かお小言にしか聞こえないではないか。

「そうだな」

なのにその瞬間、貴一が頷きながら見せた小さな笑顔に、頭の中が真っ白になる。

以前、智幸の前でよく見せていた、少しはにかんだような優しい笑み。それを変わらず見せてくれたことに、震えそうになるほどの衝撃を受けていた。

貴一のほうはいつもと変わらず、手にしていた腕時計を覗き込むと『じゃあ遅れるから』と、空になったヨーグルトの容器を手にして席を立っていく。すらっとした後ろ姿を見送りながら、智幸は今見たばかりの笑みを呆然と思い出していた。

八つ当たりもはなはだしいと思うような言葉に、なぜ貴一が笑ってくれたのかがわからない。

「アイツ……なに怒られて、嬉しそうな顔してんだ？」

それは見ていた周りも同じ気持ちだったようで、不思議そうに呟いた修正の言葉に、京一郎は『ぷっ』と大きく噴き出した。

「その言葉どおり、智幸に怒られたかったんだろ」

「まさか…」

にやにやと笑いながら、そんなことを面白そうに告げる京一郎に、首を振る。

そんなことあるわけがない。言葉に迷ったとはいえ、かなりキツイ言い方になってしまったのだ。あんなふうに言われて、嬉しくなるはずがない。

そう何度も繰り返しているのに、一瞬だけ垣間見《かいまみ》たあの笑みが、智幸の脳裏からずっと離れないでいる。大学に向かったあともそれは変わりなく、思い出すたびに智幸は胸を高鳴らせた。

「やっぱりバカみたいだ…」

懲りたはずなのに、貴一の小さな笑みひとつで、こんなにも自分は心を騒がせている。その事実に、また胸が痛んだ。

貴一が倒れたと聞いたのは、その日の夜のことだった。


バイトから帰ってくるなり、貴一が大学で倒れたらしいことを他の寮生から聞かされた智幸は、慌てて管理人室へと訪れた。管理人の山本《やまもと》の代わりに電話番をしていたらしい京一郎は、血相を変えた智幸の姿を見て、『心配しなくていいよ』と笑ってみせた。

「貴一が倒れたって…聞いて、アイツ大丈夫なんですか…っ？　あの…病院は？　だから顔色悪いって言ったのに…」

「大丈夫。教務課の人がすぐ病院に連れてってくれたし。ただの風邪と栄養失調だっていうから、点滴終われば帰ってくるよ」

「…風邪と、栄養、失調…？」

信じられない言葉に、思わずぽかんとしてしまう。

「そう。ほんとバカなヤツだね。この飽食の時代にさ。そのせいで四十度近い熱を出してたくせに、倒れる寸前まで、いつもどおり澄ました顔で書庫整理してたっていうんだから。……ったく、ガキよりも始末が悪いよ。自分の体調くらい自分でわかりそうなもんだろ」

「四十度も…」

そんな高熱を出しながら、授業だけでなく、書庫整理のバイトまで顔を出していたという貴一に、智幸のほうこそ眩暈を覚える。

「でも、どうするかな」

「なにがですか？」

「一応、いま山本さんが迎えにいってくれてるけど、寮に戻ってきてまで面倒かけるわけにはいかないでしょ。今日も歩くの辛そうだったし」

山本には持病の腰痛があり、最近それがまたひどく痛むらしい。そんな状態で寮の切り盛りをしているのだから、これ以上負担をかけられないという京一郎の言い分はもっともだと智幸も思う。

「貴一のヤツ、実家には帰らないって言い張ってるみたいだし。……ま、もう子供じゃないんだから、なんか食わせて二、三日寝かせとけばよくなるとは思うんだけど。ただぶっ倒れるまで自分の体調もわからないようなヤツが、おとなしく寝ていられるかってことのほうが問題なんだけどね」

「そうですね…」

確かに、倒れる寸前まで平気で動きまわっていたというのだから、貴一はかなり自分に対する認識が甘いのだろう。少し回復すればすぐに動きまわりそうなのは、予測がついた。

「誰か見張ってたほうがいいんだろうけど、俺じゃかえっておとなしくなんか寝てないだろ、アイツの場合は」

嫌われている自覚はあるのか、そんなことを断言しながら、ちらりと智幸のほうを窺う京一郎の視線に、智幸は困惑する。

「まさか……、俺にやれとか言ってるわけじゃない…ですよね?」

「もちろんそんな命令はしないけど。でも普段の世話は別としても、こういうときぐらいは、お互い様だと思うぞ。寮なんて、小さな家族みたいなもんだし」

「それは…そうですけど」

京一郎の言う言葉はもっともで、つい頷いてしまいたくなる。それでも、これまでの経緯がある以上、簡単に頷くのは躊躇《ためら》いがあった。

もう世話を焼かないと貴一に言ってしまった手前もあるけれど、それよりも智幸が傍にいることを、貴一が許してくれるかどうかもわからない。もしかしたら、避けられているのかもしれないのに。

「でも……そんなの、貴一のほうが嫌がると思いますけど」

「じゃあ、帰ってきたら貴一に聞いてみるよ。それでアイツがいいと言ったら、智幸についてもらうってことで。嫌だと言ったら…そうだな、実家から迎えをよこしてもらうか」

「そ、そんなのほとんど脅しじゃないですか！　アイツ…あまり家には迷惑かけたくないって、思ってるのに…」

具合が悪くても、貴一が寮に戻ると言い張っているのは、たぶんそういうことなのだろうと思う。

「じゃあ、智幸が見張っててくれるか？」

すかさず問われて、ぐっと言葉を詰まらせた。そうじゃなくても、貴一の体調のことは気になって仕方がないというのに、そんなふうに言われてしまえば智幸に逃げ場はない。

「……わかりました。……貴一がもし、俺でもいいって言ってくれたら…」

「決まり」

言いながらどこか楽しげに笑った京一郎に、智幸はうろんげな眼差《まなざ》しを向ける。智幸と貴一がぎくしゃくしていることを知っていながら、こんなことを勧める京一郎の思惑がわからなかった。

「なんか先輩、楽しんでませんか？」

「いいや。……でもひとつ言わせてもらえば、アイツは絶対断りなんかしないと思うね。今朝だって、智幸が一言言ったら素直に食ってただろ」

「ヨーグルトと一緒にしないでくださいよ…」

小さくぼやくと、京一郎はぽんぽんと智幸の頭を軽く叩きながら、『まぁまぁ』と宥めた。

それからしばらくして山本とともに寮へ戻ってきた貴一は、京一郎からの申し出に一瞬訝しげに目を細めたけれども、嫌だとは口にせず、週番の組が一緒ということもあって、結局智幸が面倒を見ることになった。

想像以上にしっかりとした足取りをしていたが、それでもかなり身体は重かったらしく、自分の部屋に入ると貴一は服のまま布団に潜り込んでしまう。

「あー、ちょっと待った。そんな汗かいてるの…、こっち、パジャマに着替えろよ」

それでは寝苦しいだろうと、衣類ケースから着替えを取り出した智幸に、無言のままもそりと身体を起こした貴一は、着ていたシャツをばさっと脱いだ。

その瞬間、視界の端に飛び込んできた広い背中に、慌てて智幸は視線を外す。同じ男で、抱きあったことさえある身体だというのに、綺麗な背筋に壮絶なほどの色気を感じた。いや、抱きあった記憶があるからこそ、そう感じるのかもしれないが。

「それと…そこにあるおかゆ、あったためてあるから。寝る前に少しでも食べて、薬を飲んだほうがいい」

かなり身体がだるいのか、貴一がほとんど話さないのをいいことに、勝手に自分のペースで進めてしまう。そうやって気まずさをごまかそうとする智幸に、貴一はなにも言わずただコクリと頷くと、素直にその言葉に従った。

簡単な食事を済ませて薬を飲み、再び布団に横になるまで、ずっとそんな調子だったので、なんだか智幸はかえってぶっきらぼうな話し方になってしまう。智幸の言葉を聞いては、その度小さく頷く貴一の姿が、まるで小さな子供のようだと思った。

「だいたい、寮でちゃんとした食事が出てるっていうのに、いまどき栄養失調なんかになるバカがいるかよ。こんなの知られたらお前、即刻家に連れ戻されるぞ」

「いや、忙しかったから……つい、忘れがちになってて」

「忙しくても、食うの忘れるか？　普通」

自分から『もう世話は焼かない』と言い出したくせに、気づけば再び貴一の世話を焼いてしまっている。その後ろめたさを隠すために、智幸はわざと冷たい視線で貴一をジロと見下ろした。

容赦なくぽんぽんとキツい言葉を浴びせてくる智幸を、貴一は不思議そうな顔で見つめていたが、最後は静かに笑ってみせた。

「な、なんだよ……変なヤツだな。いいからもうとっとと寝ろよ」

「智幸」

それに胸が掴まれるような甘苦しさを覚えて、ひどく動揺してしまう。その上、熱で少し掠れたような低い声で名を呼ばれ、智幸は震えそうになる指を胸のあたりでぎゅっと握りしめた。

「……なんだよ」

「いや、……おやすみ」

言いながら貴一は、寝やすい体勢を探して寝返りを打った。横向きのまま、身体を丸めるように眠るのは、貴一のくせらしい。

薬が効いてきているのか、すぐに貴一は穏やかな寝息を立てはじめた。その端正な横顔に、じっと見惚れる。この横顔を見つめて溜め息をついていたのは、ほんの二週間ぐらい前のことなのに、はるか昔のようにも感じられた。

こうして傍で見ると、やはりその頬が少しこけたような気がする。額に浮かんでいる汗を、タオルで拭ってやろうとしたとき、ふと指先を掠めた息が温かいのが、なんだかひどく嬉しかった。

そうだ、自分は嬉しいのだ。京一郎に頼まれたから仕方なくだと、自分の中で理由をつけてみても、智幸自身は心のどこかでこの展開を、喜んでいる。それを知っていたからこそ、京一郎は智幸に世話をするよう頼んできたのかもしれない。

掠れたように自分の名を呼ぶ低い声。指先を掠めた吐息。それだけで満たされるように感じられるのは、貴一のことを吹っ切れていない証拠のようにも思えた。

本当なら、もう見つめることさえ叶わなくなったはずの横顔をじっと見つめているうちに、なぜだかじんわりと視界が滲んでいく。その熱い塊を飲み下しながら、やっぱり自分は、この男が好きなのだろうと強く思った。どうしようもなく。

たとえなにもしてくれなくても、そこにいるだけで智幸に幸せを分けてくれるのは、いまも変わっていないのだから。

大学からまっすぐに戻ってきた智幸は、貴一の部屋を覗いた途端固まった。朝、出かける前にはちゃんと布団の中で寝ていたはずの、貴一の姿が見あたらない。慌てて玄関の靴を確認しようと一階へ向かった智幸は、その途中で見慣れた影を見つけて立ち止まった。

「なにやってんだよ！　お前…」

洗濯室の中にいた貴一は、智幸の声に顔を上げる。どうやら洗濯を終えたばかりらしく、貴一が持っている籠《かご》の中には、きっちりと脱水をかけられた洗濯物が山積みとなっていた。

「お帰り」

「お帰りじゃないだろっ。なんでお前は、こんなとこで洗濯なんかしてんだよ！」

智幸の姿を見つけて、貴一はなぜだか嬉しそうに顔を輝かせた。それにたじろぎながらも、自分の体調に関してあまり気を遣っていない病人を睨みつける。

「いや…具合もよくなったし、ここのところずっと忙しかったから、溜まった分を片づけとこうかと…」

「バカ！　そんなもの俺がやるから、とっとと布団に戻っとけ！」

頭ごなしに怒鳴りつけると、智幸はその腕を摑んで部屋へと引き戻し、有無を言わさず布団の中へと叩き込む。

ちょっと目を離すとすぐこれだ。この三日間のうち、貴一がおとなしくしていたのは最初の日だけである。熱が下がった次の日には当然のように起き出していたし、レポートや掃除をしているところを智幸に見つかっては、こっぴどく怒られていた。

どうやら貴一は、倒れるほどの熱でもなければ、風邪ごときで寝ている必要などないと思っているらしい。自分のことはできる限り自分でしようというその心がけはえらいし、人に頼りきりだった以前からは考えられないほど成長しているようだったが、それでも智幸には心配でならなかった。

一昨日《おととい》、倒れたばかりだというのに。

いまはちゃんと食事もとっているから大丈夫だと貴一は言うけれども、夏風邪はバカにできないのだ。

「ったく、おとなしく寝てることもできないのかよ…」

「…ごめん。結局、また世話になってるな」

ぶつぶつと文句を言いながら、智幸が洗い終えたばかりの洗濯物を部屋で干しているとき、初めて貴一の口から漏らされた謝罪の言葉に、思わずぎくりと顔を強張らせた。

「別に謝らなくっていい。世話になったとか…そういうことも、気にしなくていいから」

智幸が『もうお前の世話は焼かない』と言ったのに、結局こうして手を貸していることを、どうやら貴一も気にしていたらしい。だからこそ、貴一はできるだけ自分のことは自分でやろうとしていたのかと、そこでようやく智幸はそのわけに気がついた。

「今回は仕方ないだろ、具合が悪いって知ってるし。それに……俺はこういうの放っておくほうが気持ち悪いんだよ。だから別にお前のためじゃなくて、自分のためだから気にすんな。それに…京一郎先輩にもお前のこと頼まれちゃってるし…」

本当は、自分がやりたいからやっている。

けれどもそう伝えることはできなくて、かなりこじつけのような言い訳を並べると、貴一は口端を歪めて『そうか』と呟いた。その表情がやけに淋しそうで、智幸はまるで見てはいけないものを見てしまったような気分に陥る。

まさか自分の言葉ひとつで、貴一が傷ついたりするとは思えなかったけれど、その顔を見ていたくなくて、ふいと横を向いたまま智幸は言葉を続けた。

「あ、それと俺ら今週週番だったんだけど、パスさせてもらっといたから」

「それは構わないけど、……まずくないのか？」

「だからいいっつってんだろ。病人のときぐらい、大きい顔して…この際もっと周囲に甘えとけよ」

自分にではなく、『周囲に』とごまかすあたり、自分でもせこいなと思ったが、いつもどこか一線を画してる貴一が、自分の周りに目を向けるにはいい機会かもしれなかった。

「病人ってそういうものか？」

「は？　ええと…なんていうか、ここじゃあ寮のみんなが家族代わりみたいなもんだし…。お前だって具合が悪いときとかは、家族にいろいろと甘えたりするだろ？」

「いや、もともと甘えた記憶がないからな」

さらりと返されてきた言葉に、胸が詰まる。

「どうした？」

急に泣き出しそうに困った顔をして、黙り込んでしまった智幸に、貴一は怪訝《けげん》な顔をしてみせた。人のことにはこうしてすぐに反応するくせに、自分のことに関して、貴一はひどく疎い面がある。

この男は今、自分がどれだけ淋しいことを口にしたか、わかってないんだろうか。

本当は、すごい淋しがりやのくせに。

「……こういうときは心も弱ってんだから、周りにどっぷり甘えてればいいんだよ」

「そうなのか？」

「うん」

頷くと、おずおずと布団の中から伸ばされた手が、そっと智幸の手に触れてきた。こちらを窺っているかのような指先に、智幸が小さく笑ってそれを握ると、途端に強く握り返された。

「え…、な…っ」

しかし次の瞬間、その手をぐいと引かれて、気づけば智幸はどさっと前のめりに倒れ込んでいた。貴一の上に覆い被《かぶ》さるような形になってしまって、慌てて離れようとしたが、背中へとまわされていた腕に、そのまままきつく抱きとめられてしまう。

「智幸…」

「ちょ…ちょっと待って。な…、ななんかこれ、違くない？」

こういうのを甘えているとは言わない気がする。

あまり貴一と密着しないようにその胁へと手をついて、上半身を起こそうともがいたが、強く抱きしめられてしまっているいまの状態では、それも叶わない。

「甘えてもいいって言っただろ」

しれっとそんなことを言いながらも、貴一は智幸の耳元に唇を寄せ、囁くようにその名を呼んでくる。それにぞくりと皮膚が粟立《あわだ》って、抵抗する腕から力が抜けていってしまう。

こういうときだけ、タラシの本領発揮をしてくれなくていいっ。

そんな智幸の心の叫びを無視して、下から抱きついたまま離れようとしない貴一に、智幸の混乱はますます大きくなっていく。胸はドキドキとうるさいし、頭の中は『なんで?』という疑問符でいっぱいなのだ。

なのに抱きしめてくる腕に優しくそっと背を撫でられて、その瞬間、智幸はふいに泣きたくなった。

「ちょ…や、やめろよ…。そういうことすんの。もう…優しくすんなって言っただろ」

そんなふうに触れられると困るのだ。貴一の心がここにないと知っているのに、それでもいいとか、思ってしまいたくなってくる。

「優しくなんかしてない。どっちかっていうと、勝手なことばかりしてるしな」

言いながら貴一が漏らした苦笑はどこか艶《つや》めいていて、智幸は思わず自分の口許を片手で押さえると、そこからすっと視線を逸らした。

「だから…そういうこと言うのもよせって。俺……単純だし、欲張りだから。そういうこと言われるとダメなんだよ」

「なにがダメなんだ？」

「……っ」

こういうときばかり、本気でわからないって顔で聞いてくる貴一が、憎らしくなってくる。この男はいつも些細な仕草で、人をどうしようもなく惹きつけていくくせに、どうやらそれが無意識らしいのだから始末におえない。

「……お前が俺のことを好きじゃないって知ってても…、そういうことされると、欲しくなるんだよっ。仕方ないだろ」

ほとんど逆切れに近い状態で吐き捨てると、智幸は今度こそその腕に力をこめて、貴一から離れるように上体を起こした。しかしそのあとを追って同じように起き上がってきた貴一は、智幸の腕を摑んだまま、離してくれようとしない。

「お前…だから、人の話を……」

「別にいい。こんなもんでいいなら、全部やるから」

「は？」

言われたことの意味がわからず、智幸は目の前にある顔をまじまじと見つめ返した。

「全部やるから、頼むからこのまま傍にいてくれ。同情でもいい。それでいいから……もう、前みたいに離れられるのはキツい」

それはなんの冗談かと思ったけれども、見つめ返してくる貴一はいたって本気らしく、ひどく真摯《しんし》な目をしている。

「……なん、で…。なんで…急にそんなこと言うんだよ」

同情でもいいから傍にいてくれなんて、それは智幸のほうこそずっと言いたくて、言えなかった一言のはずなのに。

「頼む」

「やめろよ、んなの…お前が言うことじゃないだろ？　なのになんで…」

貴一の手に摑まれているところが、急にかっと熱く感じた。その瞳の強さに負けそうになって視線を逸らした智幸は、かすかに震えている唇を嚙みしめた。

「智幸…」

「な……んだよ、お前。俺のことなんか、好きでもなんでもないくせに。適当に世話してくれて、傍にいるだけの便利な存在だとか、思ってるくせに…っ。なんでいま頃そんなこと言うんだよ…っ」

言いながら、あの朝のことを鮮明に思い出し、それだけで涙が滲みそうになってくる。

報われないと知りつつも、それでも貴一を想う気持ちが変わらないのはわかっていたけれど、その気もないくせに、そういう軽はずみなことは言って欲しくなかった。

また勝手に期待して、勝手に傷つくような愚かな真似だけはしたくなかったから。

同じ人間に何度も恋して、そのたび振られるなんて痛すぎる。

「それ違う」

「違わないだろ…っ。お前、世話になった礼を返すために、俺と寝たって言ってたじゃんか。もしかして今回もそれかよ？　風邪ひいてるとこを面倒見てやったから、俺が喜びそうな言葉をくれるってわけ？　……そんなお情けなんかもらっても、ちっとも嬉しくな…」

「違うって！」

途中で言葉を強く遮った声に、ビクッと智幸の全身が強張った。今まで一度として貴一に怒鳴られたことなどなかったから、その厳しい声にショックが隠せなくなる。

「いや、怒鳴ってごめん。でも、そうじゃなくて。……その、世話になったからっていう話は、ただの言い訳だったから、智幸がそんなに気にしてるとは思わなくて…」

「え…？」

ぼそぼそとした囁きに視線を戻し、その切れ長の瞳を見つめると、貴一は観念するかのように大きく溜め息をついてみせた。

「俺はずっと……お前を、自分だけのものにしてみたかったんだ」

「ど…いう、意味？」

思いもかけない言葉ばかりを並べられて、わけがわからなくなる。貴一はその整った綺麗な顔を歪ませながら、ひどく困ったような様子で口を開いた。

「お前が他のヤッと、話したりするのを見るのが……ずっと嫌だった。他のヤッと一緒に笑ったりするのを見るたび、イライラして、その相手を殴り飛ばしてやりたかった」

突然、過激なことを言い出す貴一にギョッとする。けれども貴一が憮然《ぶぜん》と『だから京一郎は一番嫌いだ』と続けるのを見た瞬間は、なんだか可愛《かわい》いと思ってしまった。まるで拗ねている小さな子供みたいで。

「智幸に『好きだ』って言われたとき、チャンスだと思った。ここで抱いてしまえば、自分だけのものになるかもしれないって、そう思って……」

「それがほんとの理由、だったわけ……?」

返されてきた答えに、拍子抜けした。確かに、『世話になってるお礼』よりはいくぶんマシかもしれないけど、好きでもないのに寝たことには変わりがない。けれども智幸が呆れた声で呟くと、貴一はそれにははっきりと首を振ってみせた。

「いや…、実際寝てみたら違うとわかった。自分でも気づいてなかっただけで、本当はずっとこうしてみたかったんだってわかって……だから何度でも欲しくなった。一度だけじゃぜんぜん足りなかった」

確かに、あの夜貴一は容赦なく智幸を欲しがった。受身なんて初めてなのだから、少しぐらい手加減してくれてもよさそうなものをと思わなくもなかったけど、それ以上に欲しがってもらえることが嬉しかった。それもあとから、恋じゃなかったと知って、ショックだったけれど。

「智幸といると、自制がきかなくなる」

まるで口説《くど》かれているみたいな台詞に、自分の顔が赤くなるのがわかった。顔のいい男というのは、こういう恥ずかしい言葉でもさらりと言えてしまうものなのかと、変なところで感心してしまう。

「じゃ…じゃあっ、なんであとからでも、そう言ってくれなかったんだよ。お前がなにも言わないから、俺は……お情けでつきあってくれてるんだとばっかり思って…」

「でもお前…、こういうのは辛いって言ってただろ」

なんのことかと眉を寄せた智幸に、貴一は小さく苦笑を浮かべると、摑んでいた腕を強く引いて自分のほうへと引き寄せた。それにあたふたしているうちに、ぎゅっとその腕の中に抱きしめられてしまう。

「ちょっと…貴一…?」

「お前にこの前……、『誰かを好きになったことがあるか？』って聞かれたとき、俺は正直、ひやっとしたよ」

言いながら貴一は智幸の肩へと鼻先を埋めてきたため、その表情を見ることはできなかったが、きつく抱きついてくる腕に智幸は抵抗する気も失《う》せていた。

「俺は……たぶん、これまで誰かを好きになったことがない。だから智幸が話していたみたいに、キスとかしなくても…、ただそこにいてくれるだけで幸せになれる気持ちっていうのが、わからないんだ」

まるで智幸にしがみつくかのように、その手に力をこめてくる貴一の声は、小さく掠れていたけれど、それでもちゃんと届いて智幸の心と身体を震わせた。

「俺はきっと、どこか壊れてるんだろうと思う。お前の傍にいると、キスしたくなるし、触れたくなる。めちゃくちゃに抱きしめて…いい顔をさせて、思いきりよがらせたいとか思う。傍にいてくれればなにもしなくても幸せとは、きっと思えない」

「貴一…」

智幸はいまになって、貴一が『俺はそういうふうには思えない』と答えた意味が、ようやくわかった気がした。

「……悪い。なんかやっぱり変質者じみてるな」

自嘲気味に呟く貴一に、智幸は抱きしめられたまま、ふるふると首を振る。

貴一が、智幸と真剣に向かいあってくれているのが伝わってくる。言葉だけじゃわからないんだと、そう吐露する姿に眩暈を覚えた。

ジンと、胸の奥が熱くなる。智幸はくしゃりと顔を歪めると、自分から腕をまわしてその背を強く抱き返した。

どうしよう。すごく嬉しい。

貴一には申しわけないけれど、どこか苦渋に満ちたその告白に、智幸は泣きたくなるほどの幸せを感じていた。まさか、そんなふうに欲しがってもらえていただなんて、思ってもみなかったから。

「あのさ、聞いてもいい？　お前がそういうこと思うのって、その……俺に対してだけなの？」

「知りあう人間に端からこんなことを思ってたら、それこそ変態みたいだろう」

憮然と頷く貴一に、智幸は小さく笑って、それからやっぱり少し泣きたくなった。

貴一はきっと、自分が口にしている言葉の意味をちゃんとわかっていないんだろう。それでも、その長い指先や涼しげな横顔を目にするたびに、心から欲しいと願った智幸と、きっと同じくらいの強さで欲しいと思ってくれている。表現方法は違うけれど、きっとそういうことなんだろうと伝わってきた。

「バカ…」

そんなに激しく想ってくれていて、それでもその感情の意味がわからないなんて、なんてずるいんだろうと思った。そしてなんて、愛しいんだろうと。

激しいほどに、誰か一人を求める気持ち。それこそが、恋《こ》うるということなんじゃないんだろうか？

「そういうことはさ、ちゃんと初めに言っとけよ。そしたら……、ずっと傍にいたし、優しくしてたよ。風邪なんかひいてなくてもさ」

泣きそうな顔で笑いながら、目の前の額にある額に自分の額をゴッとぶつけると、貴一はその綺麗な眉をぎゅっと寄せて、たまらぬように口づけてきた。

「ん……っ」

甘くて、少し強引なキスを受けながら、智幸はふと京一郎の言葉を思い出していた。

身体は大きくても、中身は幼い子供のような男。きっと貴一は人を想いあう優しい気持ちを知らないまま、ここまできてしまっている。だからこそ、気づかないのかもしれないと思った。自分の中に、息づいている感情を。

その背を撫でてやりたくて、智幸がそっと手を動かしたとき、けれどもそれまでキスに夢中になっていたはずの貴一は、突然パッと手を離して『ごめん』と小さく謝った。

「え、なにが？」

「お前がこういうのは辛いって言ってたから、なるべく……離れていようとは思ったんだけど」

辛かったのは、キスされて、抱きしめられたことじゃない。そこに貴一の気持ちがなかったと感じたからなのに、なぜか誤解しているらしい貴一に、智幸は自分も言葉足りていなかったことを思い知らされた。

「もしかして、だから…あの書庫のバイトを始めたわけ？」

唐突に離れた唇には、まだ痺れたような余韻が残っている。それをそっと指先で拭いながら尋ねると、貴一はきまり悪そうに頷いた。

「なにか他のことに没頭してれば、そういうこと考えなくて済むと思って…」

「だからって……、没頭しすぎてメシまで忘れるかよ、バカ」

裏を返せば、それだけ必死だったということだろう。そういう、智幸を喜ばせるようなことをまた無意識に告げてくる貴一の頭を軽く小突いた。

呆れるほど、愛しい気持ちが満ちている。

「なぁ……俺がいま、どれぐらい嬉しいかわかる？」

囁きながら、その首に手を伸ばして自分から口づける。智幸からの初めてのキスに、貴一は一瞬驚いたようにその身を硬くしたけれど、すぐに応えて深く激しいキスを返してくれた。

「……いいのか？」

「うん、いいよ」

貴一の告白は、智幸が心から待ち望んでいたものとは少し違っていたけれども、それでも智幸はいいと思った。

欲しかった答えが、その中にちゃんとあると知ったから。

あちこち触れられて、ぐずぐずと溶け出す身体。何度か繰り返したキスのあと、『病み上がりなんだから、この辺で今日はよしとけって。な?』と一応、注意はしてみたものの、『さんざん我慢してたんだからもう嫌だ』と、子供のような駄々をこねられれば、智幸に逃げ道はなかった。

そんなふうに求められれば、智幸だって嬉しくならないわけがない。結局押しきられるように貴一の布団の中に引きずり込まれてしまったけれど、手馴れている貴一とは対照的に、智幸はこういう行為に慣れていないのだ。

何度もキスを重ね、身体中弄《いじ》られながらその服をすべて脱がされる頃にはもう、一人だけ息が上がっているような状態だった。

それでもぜんぜん空しくはなかった。以前のように、智幸が望むからそれに応えているのではなく、貴一のほうから本気で欲しがってくれているのがわかるから。

「ん……」

一度しか抱きあっていないのに、智幸のどこがよくて、どこが弱いのかをちゃんと覚えている指先は、的確に智幸を追い上げた。

胸の粒をさんざん弄られて、泣き出す頃にようやく解放される。それでもまだ物足りないように、手のひらで全身を撫でられ、震えが走る。

好きな男に、求められている。かわすキスの合間に名を呼ばれて、それだけで眩暈を覚えた。

「やっ、それよせ…」

だんだんと下っていく唇が、どこに触れようとしているのかを知ったとき、智幸は本気で身を捩《よじ》った。一方的に昂《たか》められた気がしたあの夜でさえ、口での愛撫《あいぶ》は受けたことがなかったのだ。

「ごめん。ここ、いいか?」

貴一が指差すその先に、すでに熱を持ってはちきれそうになっている自分の昂ぶりがあることを知って、赤面する。

「い、いちいち確認すんなよっ。そ、そんなこと本気でしたいのかよ…っ」

「うん」

臆面《おくめん》もなく頷かれて、布団に突っ伏しそうにそうになってしまった。そういう恥ずかしいことを平気で言えるこの男の神経が知れないと思う。

それとも慣れてしまえば、こういうことも普通になるのだろうかとも一瞬思ったが、智幸の脚の間に躊躇いなく顔を伏せようとする貴一を見た瞬間、いやきっと自分はこんなことに一生慣れることはないだろうと本気で思った。

「……っ、……あ、やっ」

舌先で舐《な》められて、脚が跳ねる。自分の口から漏れた悲鳴のような声が、ぞっとするほど甘く聞こえて、思わずばっと口許を手で覆った。

嬌声《きようせい》を堪えようとする智幸が、ストップをかけないのをいいことに、貴一はどんどんと好きなように智幸を身悶《みもだ》えさせていく。温かいというより、熱い気がする口内に深く含まれた瞬間、止める間もなく智幸は放ってしまっていた。

「…………っ」

頭の中が一瞬真っ白になる。達する瞬間、シーツを蹴《け》った脚がだらりと崩れ落ちた。

身体中がどろっと溶けてしまったような感覚に、知らぬ間に涙が浮かんでいく。はぁはぁと何度も荒い息を繰り返していると、涙で滲んだ視界の先で、貴一が濡れた口許を手の甲で拭ったのが見えた。

「……おま…っ、ま、…さか…」

「美味くはないな」

「ぎゃー、バカバカバカっ！　そんなの飲むなっ！」

信じられない行為に、智幸はほとんど涙声で叫ぶと、傍にあった枕を投げ飛ばした。それをひょいとよけた貴一は、真っ赤になって喚《わめ》く智幸に顔を寄せながら、心配そうな表情をしてみせる。

「怒ったのか?」

「お、怒らないわけないだろ…っ。お前…その顔で、そういうこと…、ど…して平気で…」

「別に…智幸のだし」

さらっと言われた言葉に、それまでとはまた違った胸の高鳴りを覚えた。

それは以前にも言われた一言だった。告白したときも、彼は気色悪がるわけでもなく『智幸だったらいい』とその告白を受け入れてくれた。そのあと揉《も》めはしたけれども、貴一は初めから智幸ならば特別なのだと、そう言ってくれていたのだ。

そんなこと、いま頃になって気がつくなんて。

じわりと滲んでいた涙が、堪えきれそうになくて顔を伏せる。貴一は本気で智幸の機嫌をそこねてしまったのかと慌てているようだったが、宥めるように頬に触れてきた指先に、智幸が自分から頬をすり寄せると、貴一は嬉しそうにキスをしてきた。

「智幸…。智幸」

身体の奥を指で開かれて、身悶える。その間中、貴一は何度も智幸の名を呼び、キスを繰り返した。

「あ…、あ………はっ」

名を呼ばれることに、ひどく感じてしまう。それだけで、誰よりも欲しがられているとわかるから。

貴一が手慣れているせいなのか、あっさりと解かれたそこに重なってきた身体を受けとめる。痛みはやはりあるけれど、深く入り込んでくる貴一をもっと欲しいと思ってしまう。

繋《つな》がったところがジンジンと熱く痺れて、その感覚にただ智幸は甘く喘《あえ》いだ。

「あ…、あ…や、や、……も、そこ深……、……っ！」

智幸を思いきり泣かせて、よがらせたいと言っていた貴一の言葉は口先だけでないようで、気遣いながらもやはり容赦なく貪《むさぼ》られてしまう。それをまたどこかで智幸が許しているから、際限がなくなってしまって、最後は貴一の指を口に含んだまま達していた。

「ちょ……、そんなの…も、無理…て」

同じようにイッたばかりのはずなのに、入れられたまままだ硬さを保つ貴一に、そろそろと探るように動かれて、背筋が蕩《とろ》けていきそうな恐れを感じた。智幸の全部を、食らい尽くす気なのかと思いたくなるほど、行為は濃厚で甘い。

「ん…、ん……っ」

「これならいいか？」

ぐずる智幸を宥めるように、貴一はそれ以上動くのはやめて、あちこちと手を這《は》わせはじめる。まだ火がついたままの身体は、それだけでももたなくて、含んだままの貴一をきつく締めつけるのが自分でもわかった。

綺麗な長い指。それにあちこち弄られて、感じすぎる行為に智幸が声をあげて泣き出す頃、中ですっかり力を取り戻した貴一は、額に汗を浮かべたまま少し困ったように眉を寄せてきた。

「もう一回…」

耳元で囁かれると、『これ以上はもう無理』と思っていても、どうしようもない甘い疼《うず》きに身体中が震える。必死で智幸を貪り尽くそうとする貴一に、生理的なものだけじゃない涙がこぼれた。

しがみつくように背中へ腕をまわすと、智幸はゆっくりと動き出す貴一の揺れに任せて、目を閉じる。

「智幸…っ」

「あ…、あ……、貴一、貴一…」

決して好きだと言わない唇。なのに触れてくる指先から、重なりあわせた胸のぬくもりから、貴一に求められているのを強く感じた。

まるで、全身で口説かれているみたいな気分だった。

夏休みが近くなってくると、妙に浮かれた雰囲気が寮の中にも漂いはじめ、食堂のあちこちで、旅行の計画やバイトの話がかわされている。そんな中、それぞれの夏休み中の在寮日程を回収していた京一郎は、智幸のもってきた用紙を眺めて、小さく笑った。

「なんだ、結局ほとんどこっちにいることにしたんだ？」

「ええ、バイトもあるし…」

「貴一もいるし？」

わかっていて面白そうにそういうことを尋ねてくる京一郎に、智幸はツンと澄ましたまま『そうです』と答えた。京一郎の突っ込みにいちいち照れていると、かえってその反応を面白がられてしまうのは、ここ最近で十分に思い知らされている。

平然と答えた智幸に、京一郎は『おや』と少し首を傾げたが、それ以上茶化してこようとはしなかった。

「ま、なんにしろ落ちつくところに落ちついてくれてよかったよ。智幸が見限ったときは、少しアイツも反省すりゃいいと思ったけど、あれ以上荒れられたらかえって面倒が増える一方だしな」

「先輩…、またそういうことを…」

手のかかる子供を、ちょうどよく引き取ってもらえて助かったとでも言いたげな京一郎の言葉に、がくっと肩を落とす。名ばかりの寮長とはいえ、これ以上問題が増えたらやっかいだというその気持ちもわからなくはないが、智幸と貴一がくっついたことを一番喜んでいるのは、もしかしてこの人ではないだろうかと疑いたくなるときがある。

「でもほんとにさ、あの鈍い男が相手じゃ苦労するだろ？　これでもけしかけちゃった手前、かなり責任は感じてるんだけど」

「平気です。そういうとこもいいとか思ってますから」

「うわ、お前も言うようになったなぁ」

さらりと告げると、京一郎はニヤニヤと笑いながら智幸の肩をぽんぽんと叩いた。

「ま、バカな子ほど可愛いとは昔からよく言ったもんだし」

「ははは」

相変わらずひどい言われようだと、智幸が乾いた笑いを浮かべたとき、食堂の入り口で仁王立ちになっている男の姿が目に映った。

「智幸！」

鋭く自分の名を呼ぶ貴一は、智幸の隣にいる京一郎に目もくれずに、智幸だけを見つめてくる。

「いつまでもなにやってるんだ。こっちで約束してただろ」

京一郎の前では精一杯の平常心を装っているようだったが、普段の涼しげな貴一の姿をよく知っている者から見れば、その瞳の不機嫌さは隠しようもない。

これだから、からかわれるんだよな…。

ちらりと京一郎を見れば、やっぱり面白そうな顔でニヤニヤと貴一を眺めている。これ以上貴一を刺激するのはまずいだろうと判断した智幸は、『じゃあ、それお願いします』と告げると、そそくさと京一郎から離れた。

入り口に立っている貴一と連れ立って、廊下を歩き出したが、妙に無言なままの横顔が『不機嫌です』と言っているようにも聞こえる。それにやれやれと小さく息を吐いた智幸は、ぽつりと隣から漏れてきた声に『え?』と貴一の顔を見上げた。

「やっぱりアイツは気に入らない。すぐに人のことに口を出してくるし…」

人と関《かか》わるのがあまり得意ではない貴一にとって、面白そうにあれこれと構ってくる京一郎は苦手な範疇《はんちゅう》に入るのだろう。京一郎に悪気はないはずだが、智幸や貴一の反応を楽しそうに眺めているのを、貴一は敏感に感じ取っているらしかった。

「はは……、それだけ心配してくれてるんだろ。それに口出しなら、俺のほうがよっぽどうるさいよ?」

「智幸は別」

そんなふうにきっぱりと言いきられてしまえば、智幸は赤くなって『そうですか…』と呟く以外になかった。

貴一は以前とあまり変わっていないように見えるけれども、たまにこうしてポロリと本音をこぼしてくれるようになっていた。それが智幸には嬉しく思える。

ただやっぱり、『好きだ』とはまだ言ってもらってないけれど。

でもきっと、それは智幸から求めてはいけない一言なんだろうということもわかっていた。

もしも智幸が『好きだと言って欲しい』と望めば、貴一はちゃんとそれを返してくれるだろう。

けれどもそれじゃきっと、意味がない。貴一が自分からそう感じて、伝えたいと思った言葉でないのなら。

だから、焦らなくていいと智幸は思っている。

目には見えないあやふやで、不確かなものを、実感するのはなかなか難しいから。

「……俺だけに笑ってればいいのに」

ぼそりとしたその呟きを聞いて、どうやら貴一が京一郎を気に入らないのは、そっちのほうも多いのだと知って苦笑する。

自覚もなしに嫉妬《しっと》しているのが、貴一らしい。

「また、そういう子供みたいなこと…」

それは十分に自覚していたのか、智幸の言葉に、貴一は拗ねたようにぷいと横を向いてしまった。その頬がほんのりと赤いのに気づいて、本当にこういうときだけ困ったくらいに可愛いと思ってしまう。

周囲を見まわして人影がないことを確かめてから、素早くその頬にキスをすると、貴一は驚いたような顔をしながらも、小さく笑ってみせた。

自分だけに見せてくれる、甘やかなそれがどれだけ愛しいか、この男のほうこそわかっていない気がするけれど。それでも智幸の名前を呼ぶ貴一の声は優しいし、抱きしめてくる腕はどこまでも温かい。それだけで、いつもたくさんの幸せをもらっている。

だから大丈夫。それまでちゃんと待っていられるから。

この恋がゆっくりと育ったときに、照れたように笑って『好きだ』と言いあえるような、そんな優しい日が来ることを。

君を待ってる

心の重さは、どうして目に見えて計れはしないんだろうか？

じりじりと差し込む日差しを避けるようにしていても、さすがにむっとした空気までは拭《ぬぐ》えない。それでも緑に囲まれたこの地は、まとわりつくような東京の蒸し暑さに比べればぜんぜん過ごしやすくて、智幸《ともゆき》はクーラーのない居間の畳にぴたりと頬《ほお》をつけたまま、ぼんやりとそんなことを考えていた。

「ちょっと、智幸。そんなところでごろごろしてるなら買い物に行ってきてよ。下の川口屋《かわぐち》さんでみりんと豆腐。豆腐は絹ごし二丁ね。そろそろおじさんたちも着く頃だし、ぼやぼやしてないでよ」

智幸によく似た面差しの顔をひょいと覗《のぞ》かせた姉の美幸《みゆき》は、だらしなく伸びている弟へ言いたいことだけ告げると、返事も待たずにばたばたと再び台所のほうへ戻ってしまった。どうやら親戚を迎えるための準備で、いろいろと忙しいらしい。

「はいはい。ほんっと、相変わらずだよなぁ…」

家族と離れて暮らしている人間が、たまに戻った実家で優遇されるのは、せいぜい三日目ぐらいまでがいいところだろう。それを過ぎれば以前と変わらず、遠慮なくこき使われるようになる。

智幸の場合、実家に戻ってきてまだそれほど日は経《た》っていなかったが、昔から両親が共働きの山城《やましろ》家では、家事はみんなで分担すると決められていたため、智幸も家に戻れば当然のごとくそれに組み込まれているようだった。

今年の春から入った学生寮では、朝夕の食事だけは用意されるが、それ以外に関しては基本的に自己管理が義務づけられている。そんな中、智幸がたいした苦もなく今の生活に馴染《なじ》めたのは、そうした家の教育方針のおかげかもしれなかった。

実際寮生の中には、家にいたときはなにもしたことがなかったために、洗濯や掃除を自分でやらなければならない寮生活に、かなり戸惑《とまど》いを覚えているものもいるようだ。

そういえば貴一《きいち》も、洗濯機に石鹸《せっけん》を丸ごとひとつ突っ込んでたっけ。

今でこそ好みの柔軟剤を選ぶまでに成長した貴一の、初めての洗濯で粉石鹸の存在すら知らず、なかなか水に溶けないそれをカッターで削っていた姿まで思い出してしまい、智幸は思わずぷっと噴き出した。

「……って、俺はまたなにを思い出してるんだか」

思わず緩んでしまった頬を引き締めて小さく首を振ると、頭の中から今浮かんだばかりの光景を叩き出す。家に戻ってきている間は、貴一のことなど考えたりしないと、そう心に決めて帰ってきたはずなのに。

ふとした瞬間に、ついこうして貴一のことばかり思い出している自分にひっそりと溜《た》め息《いき》をつくと、智幸はジーンズのポケットに財布を差し込みながら部屋を出た。

玄関先に並べられているサンダルへ足を入れ、格子の入った玄関のガラス戸を横に引くと、途端に差し込んでくる光の強さに思わず目を細める。

「暑……」

だいぶ日は傾き始めていたが、それでも外の日差しはまだ強く、智幸は木陰を選びながら家の前を流れる小川にそって緩やかな傾斜を歩き出した。

夏祭りが近いせいか、林のほうからは身を震わせて鳴く蝉《せみ》の声に混じって、祭囃子《ばやし》の練習の音が聞こえてくる。毎年お盆の時期にあわせて開催される夏祭りは、このあたりではけっこうな規模を誇っており、古くから地元の人間に親しまれていた。

智幸も昨年までは町の青年部に手伝いとして駆り出され、屋台の準備などに追われたりもしていたが、今年はまだ集会所に顔も出していない。

もともと今回はお盆に帰省するつもりはなかったから、夏祭りの存在もすっかり忘れていたぐらいだ。

本来ならば、そのまま寮に残ってできたばかりの恋人と楽しく過ごしているはずだった智幸が、こうして一人淋《さび》しく実家でうだうだしているのにはわけがある。

先日、貴一とケンカをしてしまった。

いや、あれはケンカというのとはまた違うのかもしれない。なにしろ智幸が一方的に怒って、拗《す》ねて、寮を飛び出してきただけなのだから。

その原因自体たいしたことではないし、もしかしたら貴一は智幸が不機嫌な理由すら、わかっていないのかもしれないけれど。

「なんだかなー…」

結局気づけばいつも自分ばかりが、貴一のことを考えている気がする。

智幸が苦しい片想いの末に貴一とつきあいはじめたのは、夏に入る少し前のことだ。はじめは些細《ささい》な誤解やすれ違いに、この恋を諦《あきら》めようとしたこともあったけれども、貴一も自分に執着してくれているのだと知ってからは、そのひどくわかりにくい感情表現に気長につきあっていこうと決めた。

貴一はこれまで心からだれかを好きになったことがないのだと、智幸に以前ぽつりとこぼしたことがある。だからこそたとえ誰かに執着していたとしても、それが恋かどうかもわからないという貴一の不安はなんとなく理解できたし、またそんな自分を『人としてどこか壊れているんだろう』と思い込んでいる貴一が、ひどく切なかった。

確かに貴一には、自分が他人からどう思われても気にしないような冷めた部分があって、傍《そば》にいるとたまに突き放されているみたいな印象を受けるときがある。

だからといって、貴一が誰《だれ》のことも大切にできない、壊れた人間だなんて智幸には思えないし、そんなふうには考えたくなかった。

目と目が合ったときの優しい感じとか、強く抱き寄せられたときの腕の熱さとか、そういうふとした瞬間に、貴一が自分のことを想ってくれているのはちゃんと伝わってくるから。

それにもともと人と馴れ合うのが苦手で、女の子とつきあっている間も、寝るとき以外は実にあっさりとしたつきあいしかしないと評判だった貴一が、智幸の部屋に自分から入り浸り、ふとした拍子に智幸に触れたがったりするところを見ると、やはりそれなりには必要とされているのかなと感じることもある。

まぁもっぱら最近は、古ぼけた扇風機しか置いていない智幸の部屋にいるより、クーラーのガンガンかかった貴一の部屋に、二人して入り浸っていることのほうが多いのだが。

「でもまだ、ちゃんと好きだとも言ってもらえてないしな…」

こんなことを思わずぼそりと呟《つぶや》いてしまうあたり、どうやら自分は思った以上にそのことを気にしているらしい。

言葉だけがすべてじゃないことは、智幸も十分にわかっているけれど。それでもいつまで経っても自分だけが貴一を追いかけているような関係に、焦りを感じることがあるのも確かなのだ。

まるで自分の心の比重ばかりが、ひどく大きいみたいで。

自分で待つと決めたくせに、焦ってしまう気持ちがまた別なところにあるのを感じながら、智幸は寮を出てからすでに何度目になるかわからない溜め息を、小さくついた。

夏の間はこのまま寮に残ろうと決めていた智幸は、休みが始まってからもバイトやレポートなどをこなしつつ、それなりに忙しい日々を過ごしていた。夏休みも開放されている寮では、毎年けっこうな人数がバイトや就職活動などのために残ると聞いていたとおり、実際休みに入ってもかなりの学生が残って生活をしていた。

しかしさすがに八月に入る頃になると、食卓の席にもかなりの空きが目立つようになってきた。お盆には朝夕の食事を用意しくれている賄いのおばさんたちも休みに入ってしまうため、それにあわせて帰省や旅行を計画するものも多いらしい。

いつも率先して宴会係を買って出る修正《しゅうせい》などは、人気《ひとけ》のなくなった寮をわざと盛り上げるために、地元の仲間や女の子なども呼んで、花火大会をやるのだと楽しげに計画を立てていたが。

智幸ももちろん、一昨日《おととい》まではそれに参加するつもりでいた。修正からも手伝いを頼まれていたし、なにより用意される花火が普通の手持ちだけではなく、派手な打ち上げもあると聞いてこっそり楽しみにもしていたのだ。

どうやら修正の幅広い交友関係の中には煙火の資格を持つものがいて、その関係から打ち上げ花火を安く手に入れることができるらしい。昨年も大学から少し離れたところにある河原で、かなり盛大にやったという話を聞いている。

いくらお祭り好きとはいえ、本気でそんなものまで用意できる修正には驚かされたが、打ち上げ花火なんて間近で見られるチャンスなどそうそうないし、どうせならば貴一も一緒にこないだろうかと、思いきって誘ってみたのだ。

貴一はこれまで、こうした寮の催しものには一切参加したことがない。もともとそうした騒がしいつきあいには興味がない上、貴一自身酒が飲めないこともあって、本人に参加する意志がなかったらしい。

しかし、それではいつまで経っても他《ほか》の寮生に馴染めないだろう。そうじゃなくとも、入学当初から女性と派手なつきあいをしていたことなどもあって、貴一の存在は寮の中で妙に浮いてしまっている。

親しい人の前ではいろんな顔を見せるし、クールな見かけのわりに子供っぽい一面もあるのだが、傍《はた》で見ているだけではそういう一面は伝わりにくいのだろう。

それに切れ長で吸い込まれそうな黒い瞳《ひとみ》や、キリリと引き結ばれた口許《くちもと》とかが整いすぎていて、さらに周囲へ近寄り難い印象を与えてもいるようだった。

だからこそ、この話をはじめに修正から聞いたとき、もしかしたらいいチャンスなのかもしれないと勝手に思い込んでしまった。

花火大会ならば無理に酒を勧められることもないだろうし、外で開かれる分、誰でも気軽に入れるはずだ。

智幸の誘いにはじめはあまり乗り気ではなかった貴一も、最後には『わかった』と頷《うなず》いてくれたし、そうなるとなんだか本気で楽しみになってきて、我ながらなんだか妙に浮かれていたような気がする。

しかし結局、その約束が実現することはなかったけれど。

先日、いつものようにクーラーの効きすぎた部屋の中で、二人で身体を寄せあっているうちになんとなく甘い雰囲気に流されてしまった智幸は、かなり早い時間から布団の上で喘《あえ》がされていた。

いままで女の子とこうした経験がないわけではなかったが、貴一のそれとは比べようもないし、自分がされる立場というのにいまだなれなくて、いつもどうしようもないほど翻弄《ほんろう》されてしまう。

その日もかなり長い時間をかけて甘く攻められてしまい、智幸は脱力した身体を持て余しながら、隣にいる貴一の横顔をこっそりと盗み見ていた。

寝そべったまま難しげな文献を開いている貴一は、すでにいつもどおりの涼しげな表情に戻っており、先ほど人の身体《からだ》の中を好き勝手に行き来しながら、熱い吐息を耳元で吐いていた男のようにはとても思えない。

少し長めの前髪や、横からでもわかる彫りの深い顔立ち。じっと見つめられるたび落ちつかなくなるような印象的な黒い瞳は、いまは本に向けられてしまっているが、それでも綺麗《きれい》な男だと思う。

綺麗というのはなにも顔のことばかりではなくて、すらっと伸びた長い手足とか、節くれだった指先とか、そういうものすべてを含めているのだけれども。男相手に綺麗というのは変かもしれないが、貴一には……なんというか艶《つや》めいた雰囲気みたいなものが感じられて、つい見入ってしまうのだ。

智幸の視線に気づいたのか、貴一はふと本から顔を上げてこちらを見返すと『そういえば、智幸はいつから実家に戻る予定なんだ？』と尋ねてきた。

「え？　いつって…」

「もう八月に入ったんだし、電車の切符の手配とかあるんだろう」

どうやら貴一は、智幸もお盆には実家に帰るものだと思い込んでいるらしいのだが、智幸としては別にそんな予定を貴一に伝えた記憶はない。

だいたいそれでは、一緒に花火大会に参加などできなくなるではないか。

「なんだよ、急に…」

「そろそろリターンラッシュも始まるだろうし、帰るならなるべく混む前に行ったほうがいいんじゃないのか?」

　夏休みに入る前だったとはいえ、一緒に花火を見ようとかわしていた約束なんて、まるで綺麗さっぱり忘れてしまっているかのような台詞《せりふ》に、少しだけムッとくる。その不機嫌さを隠さずに『別に。帰るつもりもないし』とぶすっと伝えると、貴一は不思議そうな顔をして『どうして?』と尋ねてきた。

「どうしてって……、だって貴一もここに残るんだろ? なんで俺だけ……」

「なんで俺が関係あるんだ?」

「え?」

　本気で思いあたらないというような顔をしている貴一を、智幸こそ驚いたように見つめ返してしまう。

　確かに休みの間もずっと一緒にいようとか、そんな約束していたわけではないけれど。休みに入っても以前と同じようにどちらかの部屋に入り浸ったり、こんなふうに甘い時間を過ごしていたりしていたものだから、智幸としては休みの間も二人で過ごすのが、どこか当然のように思っていた。

　しかしどうやら貴一の中での認識は、そうではなかったらしい。

「だってそれじゃ……。だいたい、貴一はそれでいいわけ?」

「なにが?」

「なにがって……、せっかくの夏休みなのに、俺が実家に戻っちゃって…、それでいいのかって聞いてんの」

「別に、それは俺が口出すことじゃないだろう」

子供っぽいかもしれないけど、これにはかなりカチンときた。

智幸が実家に戻らないと決めたのは、できるだけ恋人の傍にいたいと思ったからだし、口にはしなくても貴一も同じように思ってくれているのだろうと、そう思っていたのに。

それを真っ向から、否定されたような気分だ。

叔父《おじ》の家で世話になっていることを気にしている貴一が、休みになっても実家に戻る気がないことはなんとなくわかっていたし、だから智幸もお盆は帰省しないと、こっそり決めていたのだ。

だからといって、別にそれを貴一に感謝して欲しいとか、そんな恩着せがましいことを思っていたわけではないけれど。

それでもこんなふうにあっさり突き放されると、離れたくないと思っているのが自分だけだと思い知らされたようで、空《むな》しくなってくる。

貴一がもともと人間関係に対して感情が稀薄《きはく》なことも、人と必要以上にべたべたするのは嫌いだということも知っている。それでも少しくらいは自分のことを特別だと思ってくれているのかなと思っていた分、少なからずショックを覚えた。

これまで人に甘えた記憶があまりないせいなのか、貴一は時折こうして無意識のうちに、他人と自分との境界線をきっちりとわけるようなときがある。

馴れ合うことばかりがいいとはいえないけれど、そうした線を感じるたび、その先からは踏み込めない領域があるのだと思い知らされているようで、やるせなくなるのは確かだ。なんだか自分ばかりが、いつまでたっても貴一に片想いしているかのようで。

「じゃあ…、俺がいない間、貴一はどうしてんだよ。お前も実家に戻ったりすんの?」

それはたぶんありえないだろうと思いつつも尋ねてみると、やはり貴一はあっさり首を横に振ってみせた。

「いや、ここに残るつもりだ。研究論文に使う資料も借りてあるし」

「なんだよ。ならなおさら…」

ガランとして人気のなくなった寮に、貴一を一人で置いていけるはずがない。

貴一だけでは休みが過ごせないとか、そんな過保護なことを思っているからじゃない。

むしろ人恋しさを抱いていながら、自分からは誰とも馴れ合おうとしない貴一なら、一人でいる淋《さび》しさすら気づかずに、過ごしてしまえることだろう。

けれど、それが智幸には嫌なのだ。

そんなことを貴一にさせたくなかった。

「そうだ……。ならさ、せっかくだから貴一もうちに来ない?」

「うち？」

「うん。古くて綺麗な家とは言い難いけど、田舎だから広くて部屋だけはあるからさ。そうだよ、そうしろよ」

突然の思いつきにしては、それはとてもいい考えのように思えた。たまには場所を変えて、のんびりと過ごすのもよさそうだ。

山ばかりに囲まれた小さな町だが、温泉はあるし、緑も多くて、じめじめと蒸し暑い東京よりもぜんぜん過ごしやすいだろう。夜は星も綺麗だし、少し足を伸ばして川釣りなんかに出かけてみるのもいい。

「この時期なら、夏祭りとかも見られるだろうし。ちょっと上のほうに足を伸ばせば牧場とかもあるよ？」

しかし、そうして智幸が楽しげな計画をうきうきと立てはじめても、やはり貴一は不思議そうな顔をしてみせただけだった。

「なんで智幸の帰省に、俺までついていくんだ？」

「なんでって…」

そんなふうに面と向かって尋ねられると、『できるだけ一緒にいたいから』とは言い出しにくくなってしまう。

ましてや二人で楽しく過ごすはずの夏休みの計画に、自分だけが浮き足立っているようで、なんだか少し気恥ずかしかった。

「ほら…、せっかく夏休みに入ったけど、俺たちどこにも出かけてないだろ。いつも近所の映画館とか、買い物とかぐらいで…。バイトとかあったから仕方ないけど。だからさ、たまには貴一も一緒に遠出しないかなと思って…」

「ああ、なら俺はいい。関係ないしな」

さらりと言いきると、再び手の中の本へと視線を戻してしまった貴一に、智幸は返す言葉もないまま固まってしまう。

あんまりにも簡単に断られてしまったことが、ひどくショックだ。しかも『関係ない』などという、たった一言で。

「……貴一、お前さ…」

それがかりにも恋人に向かって言う台詞なわけ？

ついさっきまで、人の身体を好きなだけ勝手に弄《いじ》りまわしていたくせに、終わっちゃえばもう『関係ない』のかよ？

そんな愚痴が喉《のど》の奥からせり出してきそうだったが、そこはあえてぐっと飲み込んだ。言えば言うほど、なんだか自分が惨めになりそうだ。

「なんだ？」

ぎゅっと唇を噛《か》んで黙り込んだ智幸に、貴一は少しだけ心配げに眉《まゆ》を寄せたが、それぐらいではざわついたこの気持ちがおさまるはずもない。

確かに自分の帰省と、貴一の休みとはなんの関係もないかもしれないけれど。そうまでさらりと言われると、まるで自分の存在までもが彼とは関係ないと言われているようで、胸が苦しくなってくる。

そういうの絶対、わかってないだろ？

「智幸？」

「………いいよ。もう、わかったから。じゃあ、好きなだけ一人でレポートでもなんでもやってれば！」

捨て台詞を残して布団《ふとん》から抜け出した智幸は、あちこちに散らばった自分の服を拾い集めると、手早くそれらを身につけはじめた。

「ここで寝ていかないのか？」

いつもなら終わったあとはだらだらしながら、そのまま一緒に寝入ってしまうはずなのに、今日に限って身支度を整えはじめる恋人に貴一はちらりと視線を向けてくる。少し下から見上げるような、こちらの様子を窺《うかが》うようなその淋しそうな視線に、智幸はうっと声を詰まらせた。

どうせきっと智幸の不機嫌な理由になど気づいてもいないくせに、こういうときだけ無意識に甘えを含んだ態度を見せる貴一に、くそぅと思う。

いつも涼しげな顔をして、周囲のことなどまるで気にもしていないような普段の顔を知っている分、そういう表情をされるとひどく弱いのだ。またそれを本人が自覚してやっているんじゃないというのが、癪《しゃく》に障る。

だから結局、貴一がどんなに鈍くても『仕方ないか』で折れちゃうんだよなぁ。

けれどもここで引き下がったらいつもの繰り返しだと思い、智幸はわざとその目を見なかったふりをして、Tシャツを頭から乱暴に被《かぶ》った。

「家に戻るなら、準備しなくちゃなんないから。今日は部屋に帰る」

後ろめたさを押し隠すように口早にそれだけ告げると、すたすたと部屋の入り口まで歩いていく。じっと見送る視線を背後に感じたが、『おやすみ』と部屋を出ていっても、それ以上は追いかけてこようとしない貴一に溜め息をつきつつ、智幸はひとつ上の階に住む京一郎《きょういちろう》の部屋へと足を運んだ。

部屋に入るなり、『明日からしばらく実家に戻ってきます』と告げると、京一郎は一瞬驚いたように目を見開いたが、やがてニヤニヤと笑いながら『いってらっしゃい』と手を振ってくれた。

どうやら智幸の急な帰省に貴一の存在が絡んでいることは、すでに見透かされているようだ。

人の感情にどこか鈍いところのある貴一の性格をよく知っている京一郎は、常々『あんまり甘やかすなよ』と忠告をしてくれる。そのため、今回のように智幸が切れて貴一を突き放すことも、いい薬だと思っているようだった。

まぁ、これをネタにまたしばらく貴一をからかえると、喜んでいる部分もあるのかもしれないが。

そんなわけで次の日智幸は、午前中のうちに荷物をまとめて切符をとると、午後にはもう込み合う電車に乗っていた。

寮の玄関で別れたときも、なにも言わずに見送ってくれていた貴一の姿を思い出して、再び大きな溜め息をつく。

「少しは引きとめるとかしろよ、バカ…」

もしも貴一がそんな気の利いたことをしてくれるような男なら、はじめから『なんで心の重さは目に見えて計れないんだろうか』などと、バカなことを考えたりはしないのだろうと、智幸自身わかってはいるけれど。

「ばあちゃん？　なにやってんの」

「ああ、おかえり」

姉にお使いとして言い渡された品物と、ついでにいくつかの買い物を終えてぶらぶらと坂を登ってきた智幸は、居間から繋《つな》がった縁台にちょこんと座り込んでいる祖母の姿に気がついた。

「お盆さん用の馬と牛を作ろうかと思ってね」

見れば手元の籠《かご》には、裏の畑で今朝《けさ》採《と》れたばかりのナスとキュウリが積まれている。牛と馬に見立てるのにちょうどいい形のものを探しているのか、祖母はそれらをひとつひとつ手に取って、見比べているようだった。

今年の春、軽い心臓発作で入院したときはめっきり元気をなくしていた祖母は、家に戻ってからは以前と変わらずしゃきしゃきと動きまわっている。今年は八月に入ってからの暑さが厳しくて、祖母のことは智幸もずっと心配していた分、家に帰ってまずその元気な姿にほっとした。

しかし日が傾きかけているとはいえ、縁台にはまだかなり西日がきつくあたっており、病み上がりの人間が長くいるのに適した場所ではない。

「そんなの俺がやるからいいって。まだ暑いんだし、こんなところにいないで家の中に入ってなよ」

言いながら祖母の選んだナスとキュウリを受け取って、家の中へと上がらせる。そうして祖母の代わりに縁台に腰かけると、智幸はそれらに小さく割った割り箸《ばし》で四本の足をつけた。

足の長さをバランスよく配置して立たせると、キュウリとナスで作られた小さな馬と牛ができ上がる。

「小さい頃は、ずっと不思議だったんだよね。なんでお盆にわざわざ馬と牛を作るのか」

このあたりの地域は昔から、お盆入りの日になると家族揃《そろ》って墓場へ出かけていき、墓場で焼いた茅《かや》で提灯《ちょうちん》に火を灯《とも》すのが慣《なら》わしである。

そうして明かりを目印にやってきたご先祖様を家まで案内するために、ぞろぞろと連れ立って歩きながら、提灯の火を持ち帰るのだ。

家の中には小さな祭壇が作られ、季節の果物や以前故人が好きだったものなどが並べられる。その中になぜかいつもキュウリで作られた馬と、ナスで作られた牛が鎮座していた。

「お迎えの馬はなぁ、少しでも早く家族のもとへ戻ってきたいご先祖さんの気持ちを汲《く》んで、空から駆け戻ってくるんだよ。反対にお盆送りの時には、ゆっくりと後ろを振り返り振り返りしながら天に帰っていけるように、牛の背に揺られていくんだ。だからちゃんと心をこめて作ってあげんとね」

祖母の話に小さく頷き返しながら、智幸はトウモロコシから抜いてきた毛の先で、仕上げにキュウリの馬に尾っぽをつけた。

すでに何度となく聞かされた話なのに、こうして改めて聞くとなぜだか妙に胸にじわりと広がるものがある。

この時期になると、この周辺の家ではどこでもたいてい牛と馬がともに祭壇に並べられている。ただの言い伝えだということはわかってはいるけれど、それでもそうした想いを大切にするこの生まれ育った土地が、愛《いと》しく思えた。

「はい、できたよ。これでいい？」

「ああ、いい馬と牛ができたねぇ。じゃあ、ちゃんとお客さんが来られるように飾ってあげようかね」

智幸から受け取ったそれらを手にして、祖母はよいしょと立ち上がると、部屋の隅に用意された祭壇の上に二つを並べて立たせた。

けれど並べ終わったあとも、そこからなかなか立ち上がろうとしない小さな背中に、智幸はふと、もしかしたら祖母は五年前に亡くなった祖父のことを思い出しているのかもしれないと、気がついた。

一秒でも早く会いたい人に会うために、心は天を翔《かけ》てくる。そんな気持ちがなぜだか染みるように伝わってきて、妙に胸が熱くなるような、切なくなるような感覚に、心が小さくさざめいた。

心から会いたい人がいるというのは、どれだけ幸せなことなのだろう。

一生のうちにそんな人に出会える確率が、とても少ないことはなんとなくわかるから。

「台所のほう、手伝ってくるよ」

そっと声をかけて立ち上がる。その小さな背中を眺めながらも、智幸はもしもいま自分が、心だけの存在になったとしたら、たぶん同じように天翔けて会いにゆくのだろうなと、ぼんやり思った。

どんなときでも会いたくてたまらない、ただ一人の恋人のもとに。


夕刻が近づくにつれて遠方からの客がぱらぱらと到着し出すと、家の中がにぎわいはじめる。毎年お盆には隣町へ嫁いでいった父の妹や、大阪で事業を開いている弟夫婦などが、子供たちを連れて里帰りしてくるのだ。

おかげで広い家といえども、このときばかりはかなりの大所帯となる。村の役場に勤めている父の帰宅を待ってから、例年どおりに親戚一同で墓参りと迎え火を済ませると、その後長く続けられる親同士の宴会に飽きた幼い従兄弟《いとこ》たちは、智幸や美幸の傍にまとわりつきはじめた。

もともとかなり歳《とし》が離れていることもあって、毎年この時期は子守りもおまけについてくるのだ。

「じゃあ、みんなで外行って花火でもやろうか?」

先ほどおつかいのついでに買ってきた手持ちの花火を見せると、幼い従兄弟たちは喜んで外へと駆け出した。水の張ったバケツを足元に用意してから、風に煽《あお》られない位置を選んで蠟燭《ろうそく》を立ててやると、子供たちはそれぞれ思い思いの花火を手にして火をつけはじめる。

智幸も一番幼い従兄弟の花火を一緒に持ってやりながら、暗闇《くらやみ》の中に散っていく赤や青の火花に思わず目を細めた。

「あら、綺麗ね。私も混ぜてもらおうかな」

やはり宴会から抜け出してきたのか、サンダルを引っかけて庭へと現れた美幸は、まだ火のついていない花火を受け取りながら、智幸の隣にしゃがみ込んだ。

長い棒の先を蠟燭に近づけると、ジュッという音とともに煌《きらめ》くような火花がその横顔を明るく照らしはじめる。

「わざわざ花火まで用意しといてあげるなんて、アンタってほんとこういうところ気が利くわよね。そういうマメなところ、彼女にもけっこう喜ばれてるんじゃない？」

姉がなにげなく呟いた『彼女』という言葉に、一瞬ドキッと胸がざわめいたが、智幸はそれに気づかれぬよう視線を外したまま、新しく火をつけた花火を従兄弟の手に持たせてやった。

「別にそんなのいないよ。花火は……ただ店に行ったら安くなってたからさ…」

「ふふ、そう？　でも今回さ、アンタが珍しく休みでも家に戻らないなんて言うから、てっきり東京に離れ難い可愛《かわい》い子でもいるのかと思っちゃったわ」

「………」

可愛いかどうかは別として、離れ難い存在がいたのは確かだ。……向こうがどう思っているかは知らないが。

こういうことに関して、美幸はけっこう鋭い。智幸はなにも言っていないのだが、東京で新しい恋人ができたことをなんとなく察しているようだった。

ただ、相手が男だということは、さすがに思いもしていないだろうけれども。

「あーあ、終わっちゃった」

「まだこっちにあるよ」

「んー、でもいいわ。みんなの見てるだけで綺麗だし。不思議よねぇ、どうせすぐ終わっちゃうってわかってるのに、それでも毎年これが恋しくなるんだから」

「お互い、いい歳になってんのにね」

「バカねー、こういうものに歳なんか関係ないわよ。綺麗なものって見てるだけで、なんだか得したような気分になるじゃない。そういうのが寿命を延ばすって知らないの？」

流れてきた煙が目に染みるのか、目を擦《こす》りながら、説教じみた薀蓄《うんちく》をたれる美幸に笑ってしまった。

若いくせに、美幸が妙に年寄りじみたことを言うのは、祖母の影響だろう。共働きをしていた母の代わりに、祖母が智幸たちを育ててくれたため、山城家の子供たちは総じておばあちゃん子なのだ。

『綺麗なものを見ると得した気分になれる』というその言葉に頷きながらも、智幸はこっそりと溜め息をついた。

本当ならばいま頃、もっと得した気分を貴一と一緒に味わっているはずだったのに。

さきほど買い物に出かけたとき、店先に並んでいた花火につい手を伸ばしてしまったのは、遊びにやってくる従兄弟たちを喜ばせるためというより、無意識のまま、貴一とかわした約束のことを思い出していたからだろう。

「どうせ向こうは忘れてんだろうけどさ…」

隣にいる美幸にも聞きとれないほどの声で、小さくぼやく。

たとえ些細な約束であっても、浮かれて楽しみにしていた自分とは対照的に、貴一にとっては別に忘れても構わない程度のものだったんだろうなと思ったら、やはり胸が疼《うず》いた。

惚《ほ》れた弱みというやつで、そういう鈍いところもそっけないところも、すべて許してしまっているけれど。

もともと智幸の片想いで始まった恋だったから、いまだに想いの温度に差があるのは仕方ないと思っている。

けれども、ふとした瞬間にそれを見せつけられるのは、本当は少し辛《つら》いのだ。

自分が貴一を想っているほどには、貴一から想われていないのだと、そのたび思い知らされているような気がしてしまうから。

身体はあれから何度か重ねたし、快感や繋がっている感覚が深くなっているような気がするけれど。そんなことで貴一の気持ちを量ることはできないだろうと思っている。貴一にとって人と身体を重ねるということは、『好きだ』という言葉を信じるよりも、きっとはるかに軽いことだと知っているから。

「なによ、変な顔しちゃって。どうしたのよ?」

「や……ええと。実は今日、寮のほうで花火大会やる予定だったの思い出してさ。知り合いのルートで打ち上げ花火が安く手に入るからって……」

「へぇ、いまどきの大学生って遊びまで贅沢《ぜいたく》なのねー。でも寮の中なんかで、そんなものやれるような場所あるの?」

「まさか。寮の庭じゃ狭くてそんなの無理だよ。消防署の許可とかも下りないだろうし。だから近くの河原に移動するって……」

大きな打ち上げをやる都合上、寮の庭先や大学の校庭を使うわけにもいかず、大学からは少し離れたところにある河原へ車で移動すると聞いていた。どうせいまの期間は寮の夕食も出ないことだし、会費を取って夕方からバーベキューもやるのだと修正が楽しげに計画していたから、きっとみんないま頃とっくに出払っているに違いない。

ならば貴一もそれにあわせて、一緒に出かけていってるのだろうか。

そんな考えが一瞬頭を掠《かす》めたが、そんなわけないかとすぐに思い直した。智幸が誘ったときでさえ渋々といった様子で頷いていた彼が、自分からそうしたつきあいに顔を出すとは考えにくい。

ということは——もしかしていま、貴一は一人であそこに残っているのだろうか。あの広くて古ぼけた寮の中に。

「……ごめん。ちょっとここ代わってくれる？」

「え？　智幸？」

突然すっくと立ち上がると、美幸は驚いたような顔をしつつも、花火を握る幼い従兄弟の手を代わりに支えてくれた。それを見届けた智幸は、呼び止める姉の声に振り向きもせず家の中に上がり、自分の部屋へと足早に急ぐ。

以前使っていた八畳間は、現在家族の物置き代わりにされていて、いろいろな私物が置かれている。そこに一昨日持ち帰ってきたばかりのスポーツバッグを広げると、智幸は自分の荷物を順にしまい込みはじめた。

「ちょっと。アンタ急にいなくなったらびっくりするじゃ……ねぇ。なにやってんの？」

花火が終わったのか、しばらくしてあとを追うように部屋へと現れた美幸は、荷物をまとめている弟の後ろ姿を見つけて、不思議そうに声をかけてきた。

「うん…ええとあれ？　俺が持ってきた着替えって、これで全部だったっけ」

「着替えって……ちょっと待ってよ。これから出かけるなんて聞いてないわよ？」

まさかこんな時間から寮へ戻るつもりとは思っていないのだろう。『友達のところへ泊まりにいく約束でもしてたの？』と尋ねながら、美幸は訝《いぶか》しげに眉をひそめた。

「や、そうじゃなくて。……ごめん、突然だけどやっぱり帰ろうと思って」

「帰るって……どこへよ。アンタんちはここでしょうが」

「うん…そうだけど」

確かに――そうなんだけど。

家の前を流れる小川の涼しげな水音、古ぼけた縁側。ちょっと軋《きし》むような音がする玄関の引き戸や、青々と葉を茂らせた裏の栗の木。

懐かしいものがたくさん詰まったこの家はやっぱり愛しくて、大事だと思うけれども、いまはそれと同じくらい大切なものがある。心が帰りたいと思う場所が。

夕方、祖母の小さな背中を見つめながら、心から会いたい人がいるというだけで、もしかしたら自分は、ものすごい幸せものじゃないんだろうかと気がついた。

いますぐ寮に向かったとしても、これから出たのではきっと向こうに着くのは、終電ギリギリの時間がいいところだろう。

それでも……もしかしたらたった今、ガランと人気のなくなった寮に貴一が一人でいるのかもしれないと思ったら、なんだかいてもたってもいられなくなってしまったのだ。

いますぐ、会いたい。

「ねぇ、なにもこんな時間からじゃなくても……それに、明日はみんなで夏祭り行くんでしょう?」

智幸の妙に真剣な表情を見て本気なのだと悟ったのか、美幸は少し慌てたように引きとめてくる。

「それに幸二《こうじ》の奴、明日家に帰ってくるって言ってたわよ。あんたがいなかったら、また拗ねるじゃないの」

今年高校生になったばかりの弟の幸二は、野球部の合宿で、現在は学校のほうに泊まり込んでいる。智幸が夏の間は帰省するつもりがないと伝えたとき、幸二が一番それに不満を漏らしていたと聞いていたから、美幸の心配も当然のことのように思えた。

「ごめん、いま帰りたくなっちゃったから。どうしても」

自分の帰省を楽しみにしてくれていたらしい弟と、会わずに帰ってしまうのは申しわけないと思ったが、もしそれでごねられたら秋にまたすぐ帰省してもいい。

けれどもいまはどうしても、貴一の傍に行きたかった。いつもどこか人と距離をとろうとするくせに、時折ひどく淋しい目をしてみせる男の傍に。

ここにいる間、貴一のことは思い出さないでいようと変に自制していたためか、急に帰ろうと思いたったらもう、あの黒い瞳に会いたくて、低い声が聞きたくて、たまらなくなっている。

こんなふうに、誰かを恋しく思う瞬間が自分の中にあるだなんて、思ってもみなかったけれど。

「母さんたち、向こうで盛り上がってるみたいだから、このまま行ってあとで向こうから電話するよ」

久しぶりに集まった親戚の間で話に花が咲いているのか、廊下から大きな笑い声が絶え間なく響いてくる。奥の部屋からは、テレビゲームをはじめたらしい子供たちのはしゃぐ声も、聞こえてきた。そんな中で荷物をまとめながらも、智幸はたぶん『淋しい気持ち』というのは、周囲にいる人の数が問題なんじゃないのだとわかってしまった。

たとえ傍に優しい家族がいても、楽しい友人がいたとしても、その人が傍にいなければ、まるでこの世界で一人きり取り残されたように思えて淋しくなることもある。

貴一が智幸と同じように思ってくれているかどうかは、ちょっとわからないけれど。

それでも、貴一も自分を同じように欲しがってくれていることは、本当のことだと信じられるから。

「……わかったわよ。幸二には私からうまく言っといてあげるから。叔父さんたちに捕まらないうちに、とっとと静かに行きなさい」

「ありがと」

智幸の真剣さになにか感じるところがあったのか、美幸は『あーもう、子守りの人数が減るじゃないの』とぼやきつつも、仕方なさそうに笑って肩を竦《すく》めてみせた。それに素直に感謝を述べたあと、智幸はすっかり出来上がっているらしい居間の脇《わき》をそっと通り抜けて、玄関へと向かう。

「ちょっと待って。これ持っていっていきなさいよ。アンタが急に言い出すから、ちゃんとした箱入りを用意できなくて悪いけど」

靴を履きかけていると、ばたばたと台所から引っ張り出してきたらしい紙袋を手渡される。中を覗くと白い包み紙に巻かれた塊が、重ならぬようにいくつか並べられて入っていた。土産《みやげ》として持って帰れということなのだろう。

「サンキュ」

なんだかんだ言いつつも、こうして世話焼きなところが似ているのは、やはり血筋なのかもしれない。

玄関先で手を振りながら『そんなに急いで帰りたがる原因に、今度ちゃんと会わせなさいよ』と不敵に笑って見送ってくれた姉に、ほんと敵《かな》わないなと苦笑をこぼしつつ、智幸は実家をあとにした。

ＪＲから終電ギリギリの私鉄に乗り換え、いつも利用している最寄駅へ智幸が辿《たど》り着いた頃には、すでに零時を過ぎていた。昼間はバスなども走っているが、この時間ではそれも望めない。

歩いてもたいした距離じゃないからと夜道を足早に進みながら、智幸はいまさらながらに自分の考えなしの行動を振り返って、思わず小さく溜め息をついた。

この時間ならもう、花火を見にいった寮生たちも戻ってきているだろうし、だいたい門限のこともある。そうしたものをすっかり失念して、貴一を一人にはしておけないと慌てて電車に飛び乗った自分は、これだから、京一郎にも『すっかり貴一のお母さん役が板についてるな』などとからかわれてしまうのだろう。

第一、当の貴一だってもう寝ているかもしれない。衝動的に帰ってきてしまったのはいいけれど、その先のことを考えていなかった自分に呆《あき》れてしまう。

少し頭を冷やすためにも、今夜は自分の部屋でゆっくりと休むことにして、貴一と顔を合わせるのは明日にしよう……と、そんなことを考えながら寮の門をくぐった智幸は、いつもならとっくに消えているはずの玄関の電灯が、いまだ明るく灯っているのを見つけて眉をひそめた。

門限を過ぎたら閉まっているはずの玄関の扉も、なぜか今日に限っては開いている。

まさか閉め忘れたのだろうかと扉へ近づいた瞬間、急に脇からかけられた声に智幸はビクリと飛び上がった。

「智幸」

「うわ…っ」

「な、……き、貴一？」

声のしたほうに視線を向けると、ちょうど外灯の陰になっているところから見覚えのある長身がゆらりと現れて、その姿にほっと息を吐《つ》く。

一瞬、こんなところでなにをしているのだろうという疑問も湧《わ》いたが、それ以上に三日ぶりに見る貴一の姿に、心臓の動悸《どうき》がかえって激しくなった気がした。

「おかえり。遅かったな」

「え…と、あ、あの…ただいま」

今日はたぶんもう会えないだろうと思っていた分、偶然の再会にやはりじわりとした喜びが湧き上がる。

思わず緩む口許をごまかそうと視線を落とした智幸は、ふと貴一の手から煙草《たばこ》の煙が上がっているのに気づいてまじまじと見つめてしまう。

原則的に寮内は禁煙で喫煙場所も一階の廊下の隅と限定されているため、外に出て吸っているものが多いことは知っていたが、貴一がここで煙草を吸っているのを見るのは珍しい気がした。

「どうしたんだ？」

「や…、なんかさ、珍しいなと思って。貴一が煙草吸ってるのって…」

「そうか？」

言われて気がついたのか、貴一は手にした煙草をじっと見つめる。

外灯の明かりのせいか深い陰影が刻まれたその綺麗な横顔に、智幸は自分の身体中の血液が、一瞬ざわりと逆流したような錯覚を覚えた。

貴一の傍にいると、彼がなにか特別なことをしているわけじゃないとわかっていても、わけもなく『いいな』と思うことがある。

だからこんなふうに突然、会いたくなってしまったりするのだろうか。

しかし恋人との偶然の再会に、心の中でひどく喜んだり戸惑ったりしている自分とは対照的に、貴一のほうは智幸と会えたことに特別な感慨もないのか、相変わらず涼しげな顔をしている。

煙草の火を揉《も》み消しながら『入らないのか？』と促されて、そこでようやくはっと我に返った智幸は、慌てて玄関の扉をくぐった。

「そのまま見つからないように、静かに上がれよ」

「え？」

玄関の鍵《かぎ》を内側からかけながらそう小さく囁《ささや》く貴一に、なんのことかと振り返る。すると まるで待ち構えていたようなタイミングで食堂の扉がガラッと開き、中から見知った人物が ひょっこりと顔を出した。

「白河《しらかわ》！　お前、先に一人で逃げ出してんじゃねーよ。……お？　智幸じゃん」

「滝田《たきた》先輩……」

妙に赤い顔をした修正は、貴一とその隣に立つ智幸を目ざとく発見すると、『おかえりー、 ようやく戻ってきたな』と笑いながら、ズカズカと大股《おおまた》でやってきた。それになぜだか貴一 が隣で、小さく『チッ』と舌打ちをしたのが、智幸の耳まで届く。

すでに消灯も過ぎた時間だというのに、まだ大勢の人間が起きているようで、明かりのつ いた食堂からは大きな笑い声が漏れている。

「こんな時間まで騒いでていいんですか？」

「今日だけは特別。あっちにみんなまだいるし、せっかく戻ってきたんなら顔出せよ」

言いながら逃がさぬように智幸の肩をがっしりと摑《つか》んだ修正に、半ば引きずられるように して食堂へと足を踏み入れると、入り口付近に座っていた京一郎も智幸の姿に気づいて『お かえり』と笑って迎えてくれた。

「うわ、なんかすごいですね…」

どうやら花火大会から戻ってきたあと、ここに集まってみんなで飲み直していたらしい。テーブルの上にはつまみやアルコールの空き缶が転がっており、あちこちでつぶれかけた寮生の姿が見える。

いまだ元気に笑って飲みかわしているグループもあったが、それぞれかなり酔いがまわっているらしく、足元がふらついていた。

「こんなに飲んで…、山本《やまもと》さんに怒られませんか?」

いくらある程度のお目こぼしをしてくれるとはいっても、寮の管理人を請負っている以上、寮生たちがつぶれるほどに酒を飲んでいると山本が知ったら、いい顔はしないはずだ。

けれども名ばかりとはいえ、寮長であるはずの京一郎はその質問ににこやかに笑うと、さらりと恐ろしいことを口にしてくれた。

「ああ、大丈夫。山本さんならとっくにダウンして、もう部屋で寝てるはずだから」

「……そうですか…」

京一郎のこの顔で、穏やかに微笑《ほほえ》まれつつ酒を勧められれば、山本といえども乗せられずにはいられなかっただろう。

人のよさそうな顔立ちや、穏やかな物腰に似合わず、京一郎はかなりの酒豪なのだ。ニッコリ笑って酒を勧められているうちに、一緒に飲んでいたはずの相手があっという間につぶれていく場面を、智幸もこれまでに何度か見たことがあった。

まだ未成年ということもあって智幸は相手にもされていないが、たとえ飲めるようになったとしても、あのペースにはとうていついていけないだろうと常々思っている。

「智幸お前さー、どうせ帰ってくんならもう少し早く帰ってこいよな。花火とっくに終わっちゃったぜ？　けっこう楽しみにしてたみたいだから、てっきり間に合うように戻ってくるもんだと思ってたのになぁ」

「はぁ……、すみません。その……ちょっと子守りとか頼まれてたもんで」

まさか貴一のことで拗ねていたから帰りにくかったとも言い出せず、適当な言葉を選んで追及を逃れると、修正は『ぎゃはは』と笑って智幸の肩をバンバン叩《たた》いた。

「お前、家でも子守りやってんのか！」

家でも……って、そればどういう意味なんでしょうか。

暗に寮内での貴一との関係を指しているのだと知れたが、面と向かって尋ねることもできずに、智幸は口端をひきつらせながら乾いた笑みを漏らした。修正のこういう歯に衣《きぬ》を着せない物言いは、どことなく京一郎と通じるものがある。

けれども一応は迷惑をかけたことを謝らねばと、『準備のほう、手伝えずにすみませんでした』と素直に頭を下げると、修正は智幸の肩をぐいと引き寄せながら、その髪をぐしゃぐしゃっとかき混ぜた。

「いいっていいって、そんなの。準備は白河たちにもやらせたし。ただもう少し早く来りゃ、一緒に見れたのになーと思ってさ。綺麗だったぜ?」

「え……貴一も、花火に参加したの?」

「ああ」

自分で尋ねておきながら、さらりとした貴一の肯定に一瞬耳を疑ってしまう。一人では決して参加しないだろうと頭から思い込んでいたため、まさかと思ってその顔を振り返ったが、別に冗談を言っているわけではなさそうだった。

「ちゃんと、智幸の代わりにこき使っておいてやったから。コイツが参加するって噂《うわさ》を聞きつけたのか、そのあとの飲み会にも女の子が大勢集まってくれてさー。ほんと、今日は白河貴一様様だったな」

「そ…、だったんだ…」

がははと上機嫌に笑う修正の話を横で聞きながら、智幸はそれまで自分の中で膨らんでいた気持ちが、みるみるうちに萎《しぼ》んでいくのを感じていた。

きっといま、自分はかなり変な顔をしているに違いない。

修正の話から察するに、どうやら貴一は花火大会の下準備を手伝わされただけでなく、その後の飲み会にまで参加させられていたらしい。

半ば強引に引きずり出されたとはいえ、貴一が花火のときも飲み会の場でも、他の寮生たちと混ざりながらそれなりにうまくやっていたことも伝わってきて、なおさら智幸は居たたまれなくなってしまう。どうりで修正が『勝手に抜けるなよ』と追いかけてきていたわけだ。

玄関先に佇《たたず》んでいた貴一を見つけたとき、『もしかしたら、自分の帰りを待っていてくれたのだろうか』などと、一瞬、期待してしまったことまで思い出してしまい、智幸はあまりの恥ずかしさに死にたくなった。

なにを勝手に勘違いしていたのだろうか。

貴一を一人で放ってはおけないなんて、それこそ思い上がりもはなはだしい考えだったのに。別に自分などがいなくても、貴一はちゃんと周囲とうまくやっていけている。ただ自分からはあまり人の輪に入ろうとしないというだけで。

そんな当たり前のことさえ忘れて、一人では淋しいだろうと勝手に思い込み、慌てて帰ってきた自分がひどく恥ずかしかった。

穴があったら、今すぐ地中深く埋まってしまいたい気分だ。

「どうかした？」

酔っ払っているせいか、妙にハイテンションで話し続ける修正とは違って、目ざとい京一郎は智幸の様子がおかしいことに気がついたらしい。顔を覗き込むようにして声をかけられたが、智幸は慌ててその場を取り繕うように小さく笑った。

「いえ、あの……、俺…今日は疲れてるみたいなんで、すみませんけど先に上がります」

ともかく一刻も早くこの場を離れようと、智幸が手にしたスポーツバッグをそそくさと肩にかけ直そうとすると、それを横からひょいと取られてしまう。見れば貴一が当然のように、智幸の荷物を引き取っていた。

「な、なにやってんだよ」

「俺も上がるから」

「バカ、お前は残らなきゃダメだろ。みんなまだいるんだし」

どうやら貴一も一緒にここから離れるつもりらしいと知って、慌てた智幸はわざとそっけなく突き放した。

「どうせもう、ほとんどつぶれてるだろう」

「なら…なおさら、後片づけの手伝いでもしてこいよ。いつもは顔も出さないんだから」

こんな変な顔をしているところなど見られたくないし、思い上がった考えを持っていた自分が恥ずかしくて、いまはとても一緒になどいられそうにない。

しかも先ほどから、貴一が妙に不機嫌そうなのも気づいているのだ。

強引につきあわされたせいで疲れているのかもしれないが、もともとあまり感情が外に現れにくい貴一がそんな表情を見せたりすると、ついまたいい気になって慰めたくなってくる。

そんな必要などないと、知っているのに。

「いいから、もう離せって…」

「嫌だ」

「やだじゃないだろ」

しかし智幸が必死にスポーツバッグを取り返そうとしても、貴一は一向に返してくれる気配がない。

「そうだ、玄関の鍵は閉めといてくれた？　そろそろ帰ってくると思ったから、山本さんに頼んで開けといてもらったんだけど」

しかしそんな二人の間へ割って入るように、突然後ろからかけられた京一郎の言葉に、智幸は振り返ると慌てて頷いた。

「あ、はい…それは貴一がさっき……って、あれ？　でもよく俺が、今日帰ってくるってわかりましたね」

「ふふふ、なんでだと思う？」

言いながら何か秘密でもあるみたいに、ちょいちょいと指先で近寄るよう指示される。それを不思議に思いつつも素直に顔を近づけると、途端に伸びてきた腕にがっしりと肩を掴まれ、そのまま京一郎の腕の中へと抱き寄せられてしまった。

「な、なんですか？」

「いいこと教えてやろうか？」

「いいこと？」

それはなにかと尋ねても、京一郎はただ笑っているだけで答えようとしない。けれどもその目がいつも以上に輝いているのに気づいて、智幸は少しだけたじろいだ。

こういう顔をしているときの京一郎は、けっこう要注意なのである。

「あの……、もしかして先輩、実はかなり酔ってたりします?」

顔色や穏やかな口調が変わらないため非常にわかりにくいが、こんなふうに京一郎が智幸へとべたべた絡んでくること自体珍しい。

よく見ればテーブルにはビールやサワーの空き缶だけじゃなく、日本酒のワンカップなどまでが並べられており、そのどれもが空に近い状態になっている。これをほとんど一人で空けたのだとしたら、恐ろしい量になるだろう。

「さぁ。それより……なんか智幸から甘い匂《にお》いがするんだけど?」

「え? あ、ああたぶん、これです。近所の農園で採れた巨峰なんですけど、毎年……うぎゃあっ!」

京一郎の言葉で姉に持たされた紙袋の中身を思い出し、開いて中を見せようとしたが、最後まで説明し終わらぬうちにペロリと頬《ほお》のあたりを舐《な》められ、智幸は思わず蛙《かえる》の鳴き声のような悲鳴をあげてしまった。

「はは、いい反応」

「な、ななななにしてんですか…わっ」

過剰な反応を面白がってか、京一郎は再びその顔を近づけてくる。しかしそれから逃れようと智幸がもがく前に、突然首をグイと引かれて強引にそこから引き剝《は》がされた。

勢いづいた反動でドンと背中が硬いものにぶつかったが、なにが起きたのかと振り返る前に、後ろから伸びてきた腕にぎゅっと強く抱きしめられてしまう。

「さっきから黙っていれば、あんたらいい加減べたべたしすぎなんだよ」

「き、貴一…!?」

ぎょっとして振り返ると、後ろから自分を羽交い絞めにしている腕が、先ほどから妙に不機嫌そうな顔をしていた恋人のものだと知ってびっくりした。

「人のものに勝手に触らないでくれませんかね」

さらに威嚇《いかく》するように続けられた低く力強い声に、一瞬頭の中が空っぽになる。

しかし、しばらくしてその言葉の意味に気づいた智幸は、かーっと顔を赤らめながら、その腕の中でもがきはじめた。

「な…なんだよっ、……それ」

突然、『人のもの』だなんて。

「事実だろう」

「じ、事実ってなぁ…っ、だいたい、お前…いつもは全然そういうこと…」

じたばたもがく姿を、なにか文句でもあるのかと言いたげな視線で見下ろされ、思わずくらりと眩暈《めまい》を覚える。

貴一が見かけによらず独占欲が強いことは知っていたが、いつもは智幸が貴一に対してどんなにドキドキしていても、まるで他人事《ひとごと》のように涼しげな顔でしれっとしているくせに、こういうときだけ所有権を主張なんかしないで欲しい。

そう突っぱねてやりたいのは山々なのに、喉の奥に貼《は》りついてしまったみたいに、うまく言葉が出てこなかった。

好きだと告白されたわけでもないのに、こんなことぐらいでみっともないほどうろたえている自分に、我がことながらなんて単純なんだと呆れてしまう。

「ちょ、ちょっと…離れろよ」

囁くように小声で告げても、貴一はむっとしたまま『なんで？』と聞き返してくるばかりで、その手を緩めようとしない。

「なんでって…」

心臓が、まるで全力疾走したときみたいにばくばくとうるさい。

その腕が絡みついているせいか、息苦しく感じられて少しだけもがいたが、かえってきつく抱き寄せられてしまう状況に、智幸は貴一の腕の中でますます顔を赤らめた。

突然、こんなことされても困る。

困るけれど、嬉《うれ》しいのも確かなのだ。

だって……仕方ないじゃないか。こんなふうに、貴一がべったりとしてくること自体、珍

しいんだから。

部屋で二人きりでいるときは、しつこいぐらい触れてくることもあるけれど、人前でこんなふうに甘えてくることは、これまでなかったのに。

「戻るぞ」

「ちょっと…、待てって！　貴一…っ」

真っ赤になったまま押し黙った智幸を了承したとみなしたのか、右手にバッグ、左手に智幸を抱えて貴一は食堂を出ていこうとする。それを目ざとく見つけた修正は、声をあげてその背中を引きとめた。

「ああっ、白河お前、自分だけ先に逃げ出すつもりか。ここの惨状をなんとかするのを手伝ってけよ」

「これだけ暑けりゃ、一晩ぐらい放っておいたところで平気でしょう」

「うわ…お前、相変わらず智幸以外のことに関しては、メチャクチャ冷めてんなー…」

酔っ払っているせいか、いつも以上に大雑把になっている修正は、智幸がじたばたともがいているのを、あまり気にとめていないらしい。

「まぁ…仕方ないか。花火の間中、智幸がいつ来るかいま来るかって、ずっと気にしてたもんなぁ」

しかし、ばりばりと頭を掻《か》きながら呆れたように呟かれた修正の言葉に、智幸は貴一の腕の中でピタリと無駄なあがきを止めた。

「は？」

思いもかけない言葉を聞いた気がして目を瞬《しばたた》かせていると、追い討ちをかけるかのように、京一郎がニヤニヤと笑ってさらなる突っ込みを入れてくる。

「そうそう。なのにいつまで経っても帰ってこないもんだから、人に確認の電話を入れさせたりねぇ。さっきもずっとその辺を出たり入ったり出たり入ったり、うっとうしいったら。そんなに気になるなら、自分で電話してみりゃいいのに」

「電話って……うちにですか？」

「ああ。若い綺麗な声の女の人が出て、夕方過ぎに家は出たって教えてくれたけど、あれは智幸のお姉さんかな？」

「はぁ…、たぶん…」

あの家で若い女性といえば、美幸ぐらいしか思いあたらない。しかし予想もしていなかった言葉の数々に、智幸がポカンと隣の貴一を見上げると、貴一はバツが悪そうな顔をしながら智幸から手を離しはしたものの、それに肯定も否定も返さなかった。

「でも、なんで…？」

「さぁ、なんでだろうね？」

家にまで電話を入れさせたというその理由がわからず、ぼんやりと呟くと、横からさらに揶揄《やゆ》するように京一郎が茶々を入れてくる。

「……ともかく、つきあうのは智幸が戻るまでって約束だったし、もういいですね」

しかし貴一はそれにも答えず、これ以上話すことなどないとばかりに一方的に会話を切り上げると、智幸のスポーツバッグを肩にかけたまま、一人で先にさっさと食堂を出ていってしまった。

出ていく間際、京一郎をじろりと睨《にら》みつけていったその視線の鋭さに、智幸は思わずゴクリと唾《つば》を飲む。もともと妙な色気がある分、その切れ長の目で睨まれると、恐ろしいぐらいに迫力があるのだ。

けれども貴一に睨まれたはずの京一郎本人は、呆然《ぼうぜん》と背中を見送る智幸の隣で、なぜだか愉快そうに肩を震わせていたが。

「いやー、面白いものが見れたね」

「どこが面白いんですか…」

智幸がもし、あんな目を貴一に向けられたとしたら、その場で瞬時に凍りつくだろうと思う。なのになぜかそれを本気で楽しんでいるらしい京一郎のウキウキとした言葉に、どっと脱力したくなる。

「貴一の照れてる姿なんか、そうそう見れないと思ってたよ。アイツもここに来て、だいぶ成長したよなぁ…」

「照れてる……？」

あれを目のあたりにして、そんなことを平然と呟けるような、毛の生えた心臓が羨《うらや》ましい。

「他人に振りまわされる経験なんか、これまでの貴一の人生の中ではなかっただろうから。智幸みたいな存在を初めて前にして、どう対処していいか戸惑ってんだろうな」

「ええっ？　あの……いつも振りまわされてるのは、俺のほうだと思うんですけど？」

京一郎の口からしみじみとこぼれ落ちたその言葉には、さすがに頷くことはできなくて、控えめに異議を唱えてしまう。しかし、京一郎はそんな智幸の訴えに『うん、うん』と頷きはしたけれども、それを撤回しようとはしなかった。

京一郎のこういう、なにを考えているのか摑ませないところは、本当に敵わないなと思う。もしかして、他人の目からは自分が貴一を振りまわしている部分もあるように見えると、そういうことなのだろうか。

どちらにせよ、貴一をあのまま放っておくこともできないと、智幸は京一郎たちへ『お先に失礼します』と小さくぺこりと頭を下げると、消えた背中を追うように慌てて階段を駆け上がっていった。

「貴一？　入るよ？」

ノックしてみたものの、返事のない部屋のドアを智幸はそうっと遠慮がちに開いた。

しかし部屋の中へと足を踏み出す前に、入り口で待ち構えていた貴一にぐいと引き寄せられて、そのまま口づけられてしまう。慌てて『ちょ…、待って』と声をあげたものの、その声さえも飲み込まれてしまった。

開きっぱなしのドアが目の端を掠めたが、久しぶりに触れた貴一の感触に、理性が音を立てて崩れていくのがわかった。

貴一から、こんなキスをされるのも初めてだ。智幸のすべてを奪うみたいな、まるでなにかに怒っているような、激しい口づけ。

「貴一…っ、ちょ…あの…っ、ドア…！」

しかしさすがに服の下から入り込んできた手のひらに、あちこちと肌をまさぐられはじめると、おとなしくしてばかりもいられない。

ジーパンの中にまで入り込んできた指先にギョッとした智幸は、抱き寄せてくる胸を押しのけながら急いでストップをかけた。

「ま…て、まだドアが開いて…。わ…、中で指…、うごかさなっ…」

必死に呼びかけてはみたものの貴一にキスをやめるつもりはないようで、智幸の抵抗を封じ込めながら手を伸ばすと、開きっぱなしだったドアを勢いよくバタンと閉めた。そのあとはもう容赦も遠慮もなく、ドアに押しつけるようにして貪《むさぼ》られ、角度を変えて何度も挑んでくる唇に、立っているのさえおぼつかなくなっていく。

「……ぅ」

まるで怒っているみたいな乱暴なキスなのに、甘い痺《しび》れで身体中が満たされ、智幸はぶるりと身を震わせる。

同時にその長い指先で耳から頬のあたりを何度も撫《な》でられると、愛撫《あいぶ》というにはささやかなその仕草に妙に感じてしまい、かすかに身悶《みもだ》えた。

「智幸…」

「……ん」

キスの合間、切羽詰まったような声で名を呼ばれ、全身の皮膚《ひふ》がざわりと粟立《あわだ》つ。

こういうとき、自分は本当に弱いところすべてをこの男に握られてしまっていると、強く感じる。貴一はその低い声や、キスひとつで、簡単に智幸の息の根を止めることとさえできてしまうのだろう。

そんな自分が、京一郎の言うように貴一を振りまわしていることもあるだなんて、とても信じられない。自分のほうこそ振りまわされていて、それが当然だとすら思うのに。

「は……」

長いキスからようやく解放された頃には、智幸はすでに息も絶え絶えといった状態になっていた。痺れて厚ぼったくなった気がする口許を手の甲で覆うと、ずるずるとその場にへたり込みそうになってしまう。

「な…んか、あったの？　さっきから…変だし」

肩で息をしながらも、一連の貴一らしくない行動に首を傾《かし》げる。突然京一郎たちに向かって敵愾心《てきがいしん》を露《あらわ》にしたり、貪るような激しいキスを仕掛けてみたり。

けれども貴一はそれに答えようとせず、力の抜けた智幸の腕を引いて部屋の中へと促すと、自分もその隣にどかっと腰を下ろして黙り込んでしまった。

「……もしかして、なにか怒ってる？」

息が整いはじめる頃になっても、隣で黙りこくってしまったままの貴一に戸惑いを覚えて、恐る恐る口を開く。様子がおかしいのは、戸惑っているからだなどと京一郎は言っていたが、自分はそんなふうに楽観的になれそうにもない。

しかし貴一はそれに首を振ると、しぶしぶといった様子で口を開いた。

「別に…そういうわけじゃない。ただ智幸が…」

「俺が、なに？」

言いよどむように黙ってしまった貴一へ、食い下がるようにして先を促す。すると観念したように、貴一は肩で大きく溜め息をひとつついた。

「ようやく帰ってきたと思ったら、いつまでも他の奴とべたべた話してるから…」

「他の奴って……、京一郎先輩たちのこと?」

尋ねると、苦い顔をしたままコクリと頷いてみせる。それがやけに拗ねたような、子供っぽい仕草に思えて、ついまじまじとその横顔を見返してしまった。

その視線に責められているとでも感じたのだろうか。ぷいと視線を逸《そ》らすと、貴一はさらに弱ったような様子で小さな声を押し出した。

「……悪かった。俺だけのものになればいいのにと思ったら、つい切れた」

かすかな声で謝られた瞬間、智幸は目には見えない手のひらで、貴一に直接心臓をさらりと撫で上げられたような錯覚を覚えて、思わず息が止まりそうになる。

まったく……この男は、自分がその口でなにを言ってるのか、本当にちゃんとわかっているんだろうか?

「お前……、お前ね、どうして…そういうこと簡単に…」

言いながら、詰めていた息をどっと吐くと、貴一は智幸の様子を窺うようにしてちらりと視線を向けてくる。その黒い瞳がいつもより少し頼りなげに見えて、それだけで本当に参ってしまった。

「怒ったのか?」

「……バカ。怒ってないよ」

怒れるわけがないじゃないか。

貴一が自覚しているかどうかは知らないが、それって結局『嫉妬《しっと》してます』って言っているようものだ。

愛情表現と呼ぶには拙《つたな》すぎる、真摯《しんし》な言葉に涙が出そうになる。まるでお気に入りの玩具《おもちゃ》を取られた子供のような反応が、こんなにも嬉しく思えるなんて、自分こそバカなんじゃないかと思うけれど。

時折貴一は、計算してではないはずなのに、こんなふうにそっけない言葉ひとつで智幸の心をぎゅっと摑むようなことを言うことがある。

無意識だからこそ、かえって直接胸の一番奥に響くのだ。

智幸が怒っていないことを聞いた貴一は、少し安心したようにはにかんだような笑みを見せた。それにやっぱり、ぼーと見惚《みと》れてしまう。

「で、どうだった？」

「えっ、なにが？」

「なにって……、お祖母《ばあ》さんの様子を見にいってきたんだろう？」

「あ、ああ、その話か。うん、けっこう元気だったよ。入院してたときはかなりしょげてたんだけど、家に戻ってからはまたしゃきしゃきしてる。予想以上に経過もいいみたいだし」

「そうか。よかったな」

見惚れていたことをごまかすように慌てて答えると、妙にほっとした様子で呟かれてしまい、智幸は『もしかして…』と思わずその顔を見つめ返してしまった。

「もしかして、だから……急にいつ帰るのかとか聞いたんだ？」

「……？　気になってたんじゃないのか？」

「そう、だけど」

当然のように尋ね返されて、その予測が正しいことを確信する。貴一が今回、智幸の帰省を気にしていたのは、たぶん祖母の件があったからなのだ。

「なん…だよ。そんなふうに気にしてくれてたんなら、誘ったとき、貴一も一緒に来ればよかったのに」

そしたらあんなふうに、じりじりと会いたい気持ちに追いつめられたり、たった一人寮においておくのが嫌で、慌てて家を抜け出したりしなくて済んだのにと、そんな愚痴まで漏らしてしまいそうになる。

「部外者がついていっても、かえって気を遣わせるだけだろう」

けれども、ポツリと返されてきたその答えを聞いたとき、智幸は『ああ、だからなのか』と、思わず自分の鈍さを呪《のろ》うように額のあたりを手で覆った。

だから『関係ない』なのか。

退院してから一度も顔を見ていないし、今年の夏はずっと猛暑が続いていたから、智幸が祖母の体調を気にしていたのを、貴一はきっと気づいていたのだろう。だからこそ彼なりのやり方で気遣ってくれていたのだ。

そんな大切なことを、いま頃気がつくなんて遅すぎる。これでは貴一のことを鈍いだなんだなんて、偉そうに言えないではないか。

貴一が自分の気持ちを伝えたりするのがひどく不器用なことは、ちゃんと知っていたはずなのに。

「智幸？」

「……あのさ、俺は貴一のことを部外者だなんて思ってないよ。そんなこと思ってたら、つきあったりなんかできないし。そういう、変なところで遠慮したりするから……」

こっちのことなんか、それほど興味がないんじゃないかなんて、いらないことまで思っちゃうんじゃないか。

そんなお門違いな恨み言を口にしようとして、本当はこんなことが言いたいわけじゃないだろうと、智幸は唇をぎゅっと嚙みしめた。

これまでにも智幸は、もしかして貴一は相手に期待することを、はじめから諦めているんじゃないかと感じることがあった。自分と他人との領域にくっきりと線を引くのは、たぶんそういうことなんじゃないだろうか。

時折、子供っぽい独占欲を垣間見《かいまみ》せたりはするけれど、それを強引に押しとおすことも決してしない。

まるで、自分が誰かに大切にされることがあるなんて、想像もしたことがないみたいに。

でもさ、なんだかそれってちょっと失礼なんじゃない？

確かに智幸にとって家族はなくてはならない、とても大切なものだけれど、それと比べものにならないくらい、貴一のことも大切に想っているのに。

たとえば『自分だけのものになればいいのに』なんて我儘《わがまま》を言われたら、それを迷惑に思うどころか、嬉しいと感じてしまうくらいには。

「どうした？」

額のあたりを押さえたまま、俯《うつむ》き加減で黙り込んでしまった智幸に、貴一が不思議そうに問いかけてくる。そんなふうにこっちの様子は気にかけてくれるくせに、自分へ向けられる好意にはなにも求めないなんて、ずるいと思う。

「智幸？」

たまらなくなって、智幸は貴一の身体を抱きとめるように、自分から腕を伸ばして抱きついた。珍しく自分から甘えた素振りを見せる智幸に、貴一は少しだけ戸惑っているようだったが、それでもなにも言わずに抱きしめ返してくれる。

それだけで胸の奥が、じんと熱くなる。

この身体の中いっぱいに詰まった暖かな気持ちを、貴一にそのまますべて伝えることは難しいけれど、それでもぴたりと重ね合わさったところから、少しでも伝わっていけばいいと願う。

「つきあってる相手の前ぐらいは、関係者ですって大きな顔して我儘を言えばいいんだよ。それが叶《かな》うか叶わないか別だとしてもさ」

言いながら、抱きしめる腕に力をこめる。それを許していることが、ちゃんと貴一に伝わるように。

智幸はさっきまで、玄関先で自分が貴一と会ったのはただの偶然だろうと信じていたけれども、いまとなってはあれは、自分を待ってくれていたのだと確信していた。

「なぁ…、俺がいなくてちょっとは淋しいとか思ったりした？」

「別に」

少しだけ意地の悪い質問をすると、実にあっさりとした貴一らしい答えをいただいてしまい、がっくりする。

ちぇ。そういうところが、涼しげだって言うんだよ。

抱きつけば抱きしめ返してくれるくせに、普段は突き放してるように見えるというか、自分からはあまり意思表示しようとしないというか。

京一郎たちと仲良くしてると、あんなふうに嫉妬したりもするくせに。

まぁ以前は、つきあっている相手とすら、べたべたすることもなかったというのだから、こんなふうにただ抱きあっていられるだけでもたいした進歩なのだろうけれど。

「貴一はさ、俺が家に戻ってる間なにしてたの？」

「別に、いつもどおりだけど」

「いつもどおりって、なんだよ。今日の花火以外にどこか出かけたりとか、買い物行ったりとかしなかったわけ？」

別に、嫌味のつもりで聞いたわけじゃない。ただ自分がいない間、貴一は休みをどう過ごしていたのか純粋な好奇心で聞いてみたかっただけの話だ。

しかし貴一はここ何日間を反芻《はんすう》するかのように一瞬動くのをやめたが、やはり特別なことはなにも思い浮かばなかったようで、小さく左右に首を振った。

「特になにも変わったことはしてないな。寝て、起きて、食って。あとはレポート用の文献を読んでた」

「なんだかなぁ、せっかくの休みなのに…」

勿体《もったい》ないと言いかけて、けれども次の瞬間、さらりととんでもないことを続けた貴一に、今度は智幸のほうこそその場でぴたりと固まってしまう。

「あとは智幸のことを、考えてた」

傍にいてもいなくても、相手のことを考える。それは別に特別なことではなくて、いつもどおりのことなのだと、そんなすごい殺し文句をさらりと呟いた貴一に、してやられたなぁと強く思った。

ダメだ。これは完敗だ。

そういうのを、淋しいって言うんじゃないのかよ。自分でわかれよ、バカ。

なんだか言葉がうまく出てこないけれども、どうしようもなく泣きたくなって、智幸はひどく困ってしまった。

「俺も……俺もね、離れてる間中、貴一のことばっかり考えてたよ」

降参の意味をこめて素直にそう囁くと、貴一は少しだけ眩《まぶ》しいものでも見るように目を細め、それでも強く智幸の身体を抱きしめてくる。

すぐに激しくなる口づけに溺《おぼ》れかけながら、智幸はもしかしたら自分が思っている以上に、貴一は自分に夢中なのかもしれないと、このとき初めて気がついたのだった。

「あ…っ。ちょっと…、ま、待って……、やっぱり…」

壁にもたれて座っている貴一の腰を、前から跨《また》ぐようにしてそろそろと腰を下ろしていた智幸は、途中でその動きを止めると、羞恥《しゅうち》に染まった顔を目の前の肩にぽすっと埋めた。

自分ですると決めたくせに、いざとなるとやはり怖気《おじけ》づいてしまう。

「智幸…」

宥《なだ》めるように名を囁かれながら髪を撫でられると、その心地《ここち》よさと罪悪感が、両方同時に頭を擡《もた》げてくる。

「やっぱり嫌か？」

弱ったような声に顔を上げると、シュンとした瞳と目が合ってしまい、智幸は中途半端な体勢のまま̄うっと声を詰まらせた。

「……そうじゃないけど、ちょっとだけ待ってて」

ずるいよなぁ。そういう顔されると、『やっぱりやめてもいい？』なんて、言えなくなっちゃうじゃんか。

どうしてこの男は、智幸が『それをされると弱いんだよな』と思っているようなことを、ここぞという逃げられない場面でするのだろうか。そういうのも無意識のうちなんだとしたら、貴一は天性のタラシなのだろうと本気で思う。

だいたい、どうして自分から上に乗るなんて羽目に陥ってしまったんだろうか。あのとき『いいよ』と頷いてしまった自分が呪わしい。

キスをされながら服を脱がされ、いつもどおり貴一の手や唇であちこち弄りまわされているうちに意識が吹っ飛んでいた智幸は、気がつけばとんでもないところにまでその愛撫を受けていた。

「そ、そこやめ……っ。……あ？　…バ…バカッ、なんでやめろって言って…のに、わざわざそういうこと……っ！」

「ここがいいんだろ？」

「ちが…っ、そうじゃなくて、あ…っ」

嫌がっているんだか、悶えているんだか、もう自分でもわからない言葉で、さんざん貴一をてこずらせながらも、手馴れた貴一はやすやすと智幸の身体を開き、溶かしていく。

最終的には耐えきれなくなって、身体中でしゃくりあげながら、もう指じゃ嫌だとか、してくれなきゃダメだとか、そんな死ぬほどこっぱずかしい台詞を言わされた挙句、ようやく貴一は智幸を追いつめていた指をそこからどけた。

智幸が甘く溶けた身体を持て余して、滲《にじ》み出た涙を拭っているというのに、そんなときに限って『じゃあ代わりに、上に乗ってくれるか？』なんて耳元で囁いてくるから、まともな思考がぶっ飛んでしまっても仕方がないだろう。

以前から貴一が智幸にそれをさせたがっていたのは知っていたが、どうしても自分からというのには勇気が持てなくて、智幸はそのたび『嫌だ』と突っぱねていたのだ。それをこんな場面で言い出すなんて、卑怯《ひきょう》だと思う。

だからつい『て、手伝ってくれるなら……してもいいけど…』なんて、頷いてしまったりするのだ。まぁ、それを聞いてひどく満足そうに笑ってみせた貴一に、見惚れてしまった自分も、たいがいだと思うが。

しかし慣らすだけ慣らして、準備万端とばかりにいざその体位に身体を入れ替えてみると、いまさらながらに理性が戻ってきて、文字どおり腰が引けてしまう。

だいたい、向かい合ってすること自体、死ぬほど恥ずかしくてたまらないのだ。

「……なんでこんなこと…」

「恋人には我儘言ってもいいって、言っただろう？」

思わず小さくぼやくと、当然のように貴一にそう返されてしまう。

「そ、そりゃ確かに言ったけど…さ」

でもそれはなんだか、こういう意味じゃなかったような気がするのだが。

思わずチラリと下半身へと目をやると、お互いにやる気十分なその部分が目に飛び込んできて、智幸は瞬時に『見なけりゃよかった』と耳まで真っ赤になりながら、慌ててそこから視線を逸らした。

そうなのだ。別に、その行為自体が嫌とかそういうわけではない。

それどころか一緒に抱きあった朝、隣で眠っている貴一の顔を見るたびに『こんなに幸せでいいのだろうか』と不思議に思う。

その唇や鼻筋にそっと指を伸ばしても、逃げていかない。口づければ、同じくらいの熱さでキスを返してくれるだろう。それがどれだけ幸せなことなのかは、じんと熱くなる胸が十分に知っている。

片想いだった頃は、こんなふうに貴一から欲しがられる日が来るなんて思いもしなかったから、いまのこの状況がどれだけ贅沢なことなのかを思って、智幸はぎゅっと唇を噛みしめた。

「智幸？　やっぱり嫌なら……」

視線を逸らしたのままの智幸に、貴一は小さく苦笑をこぼして、自分の上からどかそうとする。

その手を掴んで、智幸はもう一度自分の腰に添えさせた。

「いい。その…別に、嫌とかじゃないから……」

抱きあうのはいまだにメチャクチャ恥ずかしいけど、こんなにまで好きな人と溶けあえる瞬間なんて、他にはないだろう。

智幸はひとつ大きく息を吸い込むと、そろそろと指を伸ばして、貴一の位置を確かめながら腰を落とした。熱くて硬いものが入り口に触れた瞬間、次にくる感覚にぶるりと身体が小さく震えるのが自分でもわかる。

「あ、嘘《うそ》。まだ……っ、……ぁっ！」

しかし智幸が覚悟を決めて腰を下ろす前に、ぐいと強く腰を引かれた。それに慌てているうちに、なれた手のひらが智幸の一番奥を開いて、あっという間に深く腰を繋げられてしま

う。

ズンと痺れるような衝撃に、ぎゅっと閉じた目尻《めじり》から涙が一粒、伝わり落ちた。

「悪い、痛かったか？」

囁かれる声に、目を閉じたままふるふると首を振る。衝撃は確かにあったけれど、十分に慣らしておいたせいもあってか、痛みは想像していたよりも少ない。

ただ、いつもより深いと思うだけで。

「……っ！　…ちょっと、待って」

けれどもホッとしながら、貴一へもたれかかるようにその身体を預けた途端、下からぐいと突き上げられて息を呑《の》んだ。

「さっきから、そればっかりだな」

苦笑するように耳元で囁かれ、それに『うわ…』と首を竦める。

その間にがっしりと摑まれた腰の中を、貴一の硬く太いものに好きなように行き来され、呼吸が乱れた。

「少しだけ、我慢しててくれるか？」

「がま…っ、て……」

我慢ができるくらいなら、とっくにやっている。

しかし貴一の方の忍耐値もそのあたりが限界だったのか、小さく謝るようなキスを落とすと、それからはもう好きなように貪られてしまった。

貴一とのセックスに、だいぶなれてきたと思いはじめていたけれども、それがまだまだ甘かったことを智幸は身をもって思い知らされる。

「貴一…、あっ…」

「……んっ、あ……、……あぁっ!」

いつもと位置が違うせいか、あたるところもいつもと違う。それだけで、叫び出しそうになるほど感じてしまう。

中を擦られる感覚にもなんだかなれなくて、どうしようもなくうろたえているのに、身体のほうは貴一のくれる新しい快感を覚えて、貪欲《どんよく》に飲み込んでいく。

中を深く抉《えぐ》られた瞬間、身体の中から直接快感の神経を撫で上げられたような感覚に、ざっと肌が粟立った。

気持ちよくても鳥肌が立つことを初めて知ったのも、貴一と寝るようになってからだ。

「貴一…っ、ゆっく…り、ね、ゆっくり……っ」

「ん…、わかってる」

宥めるようにこめかみに口づけられて、ゾクリと這《は》い登る快感に、身体を丸める。

上から乗っているせいか、いつもよりも動きは穏やかなはずなのに、その分奥深いところへ届いているような気がしてしまう。

智幸は直接中へと送り込まれる深い快感に、怯《おび》えたようにその身体を震わせた。

「あ、あ、あ……っ。や、ふか…深いって……」

「智幸…」

体重をかけている中心にぐっと入り込まれ、その熱をいつも以上に奥で感じる。

なのにさらに深く交わろうとするように、繋がったままの腰をゆるく揺さぶられて、声もなく身悶えた。

それがかえって、身体の中にある貴一の存在を、強く意識することになってしまう。

「やだ…、やめ…っ…て、一緒はムリ…っ」

同時にあちこち攻められたら、すぐにダメになるからやめて欲しいと頼んでも、こんなときだけ妙に強引な貴一は、尖《とが》ったままの胸の粒を押しつぶすように触れてきたり、背中から腰にかけてのラインを撫で下ろしたりしてくる。

中を擦られるだけでも息が上がって仕方ないのに、智幸の弱いところはすべて触れて確かめようとする貴一の執拗《しつよう》な愛撫に、ひどく泣かされる羽目になってしまった。

「ん………、…っ！」

「智幸…っ」

あちこちと触れていた貴一の指先が、立ち上がった智幸の熱に触れた瞬間、その擦れるような感触にぶるりと腰を震わせた。

その衝動で中にいる貴一も、きつく締めつけてしまう。

目の前が真っ白になって、息が止まる。

身体の中に熱いものが注がれる感触にさえ感じてしまって、智幸はただもう目の前の身体にしがみつくことしかできなかった。

「……は…」

はぁはぁとまるで全力疾走したあとのように、全身で呼吸する智幸の身体を貴一はしばらく黙って抱きしめていたが、やがてそっと畳の上に横たえた。

「貴…一？」

荒い呼吸を吐きながらも、繰り返されるキスの激しさに、眩暈を覚える。

同じように達したばかりだというのに、息も整わぬままでまたあちこちと智幸の身体を探りはじめる貴一は、どうやら一度では満足していないらしい。

「智幸…？」

いつもならば『もう少し待って』とストップをかけるはずの智幸が、自分からすり寄るように抱きついてくるのに気づいて、貴一がわずかに不思議そうな顔をする。

まだ身体がおさまっていないうちに続けてされてしまうと、感じすぎて苦しいのはこれまでの経験で十分分かっていたけれど、それでもいいと思えるのは貴一だからだ。どんなふうであってもすべて受け入れたくなるのは、貴一が相手だから。

「いい…よ。したいんだろ？」

伝えると、貴一は少しだけ照れたように小さくはにかんでみせた。その顔にやっぱり弱いんだよなと思いつつ、智幸は小さく苦笑をこぼす。

いつだったか貴一は『触れてみないと、傍にいるだけじゃもの足りない』と言っていたけれども。

もしかしたら、心の距離がうまく計れないからこそ、貴一は身体で確かめようとしているのかもしれないと思った。そのぬくもりで。

言葉じゃなく、欲しいって全身で言ってくれている。

それをわかっていなかったのは、自分のほうかもしれないと、そんな幸福なことを思いながら、智幸は自分から伸び上がるようにその唇へキスを落とした。

「だからってさ、ここまでする…？」

汚れた身体をなんとかしたくて、シャワーだけは手伝って入れてもらったけれども、それ以外はもうなんにもする気が起きずにぐったりと布団に突っ伏しながら、智幸は小さくぼやきを漏らした。

まさか、カーテン越しに日の明るさが見えるようになる頃まで、されてしまうとは思わなかった。帰ってきた時間がすでに遅かったからとか、夏だから夜が明けるのが早いとか、他にも原因はいろいろとあるとは思うけれど。

それでもいまだジンジンと痺れたような疼きを持つ腰に、やりすぎという言葉が浮かぶのは、当然のことだろう。

「どうした？」

寝そべっている智幸の髪をドライヤーで乾かしながら、小さな声に首を傾げた貴一に、ふるふると力なく首を振り返した。

さきほどからかいがいしく智幸の世話を焼いている貴一は、なんだか妙に機嫌がいいらしい。珍しくも鼻歌なども聞こえてきたりした日には、文句を言う気も失《う》せてしまうというものだ。

なんだよ、満足そうな顔しちゃってさ。

たまには貴一の望むとおりにしてやろうと、上に乗ったり、続けてするのを許したりと、サービスしすぎたのがまずかったのか、あのあと貴一にはさんざん好きなように泣かされてしまった。

身体中の細胞全部が貴一に染まったみたいになるほど、長く中にいられてしまい、いまだにそこに貴一がいるような感覚が残っている気がする。

「いいよな、貴一は。なんだかんだいって花火もちゃっかり見れたし、好きなだけ好きなことしても、あとはすっきりなんだから…」

ついそんな関係のない恨み言まで出てきてしまうが、これぐらいは許されるだろうと思いたい。どうせ今回の帰省騒ぎについては、あとから京一郎や修正に、死ぬほどからかわれることになるのだろうし。

「さっきから、なにを拗ねてるんだ?」

この部屋に入ってきたとき、拗ねていたのは貴一のほうだったはずなのに、いつの間にか立場が逆転してしまっている。

小型の冷蔵庫から取り出してくれたペットボトルを、貴一の手からありがたく受け取りつつも、恨みがましい視線をじっと向けたままそれに答えずにいると、貴一は不思議そうな顔で首を傾げた。

「花火に間に合わなかったのが、そんなに悔しかったのか?」

「……っ。別に、そんなことで拗ねたりなんかしてないよ。だいたいそれが目当てで、帰ってきたわけじゃないんだし」

参加するはずがないと思っていた花火大会に、貴一がちゃっかり参加していたこととか、以前は『飲めないから参加しない』といっていたくせに、けっこう楽しそうに飲み会も参加していたらしいとか、そうしたことをいまさらながら思い出して、不機嫌になるなんてバカらしいと智幸だってわかっている。

だからといって、花火に間に合わなかったから、拗ねているなどと思われるのは心外だった。

「じゃあ、なにがそんなに不機嫌なんだ？」

「なにって…」

それはもちろん、甘く痺れて動けない身体とかを含め、いろいろと悔しいことがあるからだろう。

その一番は、やっぱり死ぬほど貴一のことを好きなんだって、自覚してしまった自分自身にだけれど。

「考えてみたら、なんかやっぱり俺だけ振りまわされてるみたいだと思ってさ」

怒って拗ねて、実家に戻って。だけど結局は貴一に会いたくて、家族に挨拶《あいさつ》もしないで駆け戻ってきたりして。

「だいたいさ、貴一お前お酒は飲めないって言ってなかったっけ？　なのに昨日はけっこう、飲んだんだろ？」

こんな子供みたいな愚痴、どうせ笑って流されるだろうと思いつつも、もうこの際なんでもいいから気に入らないことを並べ立ててやると、突然貴一はピタリと石のように固まってしまった。

「……なんでそう思う？」

「だって、キスが酒くさかったし」

本当はほんのり香る程度だったのだが、その言葉を聞いた途端、片手でぱしりと口を押さえた貴一に答えはおのずと知れた気がした。いつもならあまり表情を変えない男の顔が、珍しく『しまった』という顔をしている。

その慌てた様子に、智幸はひとつ大きく溜め息をついた。

「前に飲めないって言ってたから、てっきり本当に下戸《げこ》なのかと思ってたよ」

「いや……………」

別に隠すようなことでもないのにと思いつつ、チロリと下から見上げると、貴一は視線を逸らしつつも、なぜだかその言葉尻を濁している。

それがなんだか妙に気になってしまった。

「なに？　なんかあるの？」

「飲めないって言っても、少しは飲める。ただ……できれば、智幸の前では飲みたくなかっただけで…」

「え、なんで？」

思いもよらない言葉を言われて、その原因が思いあたらずに智幸はぱっと顔を上げる。

どちらかといえば、智幸はそんなにお酒が強いほうじゃない。それが原因だとするならば、もしかして京一郎のように強い相手じゃないと飲んでもつまらないとか、そういうことなんだろうか。

「実の父親が、ひどい酒乱だったからな。母親のほうはそれに我慢しきれなくなって、家を飛び出すまで、毎晩殴られて謝ってた。そのうち父親のほうも、飲んだくれたまいなくなったけどな。あんな奴の真似《まね》をする気なんかさらさらないけど、酒ぐせの悪さは遺伝するっていうし…」

しかしそんな予測を大きく裏切って、さらりと告げられた貴一の話に智幸は言葉を失った。貴一はいつもと変わらぬ様子で淡々と話しているが、これってかなり重い話なんじゃないだろうか。

「……ごめん」

「なんで智幸が謝るんだ？」

震えた声で謝ると、不思議そうに尋ね返される。それになんだかいたたまれなくなりながらも、智幸はゆっくりと布団の上に身体を起こした。

「言いたくないこと、言わせた…」

「別に事実だし。こんなことで、お前がそんな痛そうな顔をする必要なんかないから、気にするな」

きっぱりと言いきられた、その強く優しい言葉を聞きながら、智幸は唇を強く噛みしめる。

貴一は『事実だし気にしていない』と言っていたが、たぶん、そう言えるようになるまでは、そんなに簡単ではなかっただろう。

彼が自分の両親ではなく、叔父の家にやっかいになっているのは知っていたし、甘えたこともないと漏らしていたその言葉に、家の中で問題がありそうだということもわかっていたけれど、まさかそんな経緯があるとは思わなかった。

智幸には想像しかできないけれど、貴一がこれまでどうやってその痛みに耐えてきたのだろうかと思うと、胸が強くギシリと痛んだ。

もしかしたら智幸が知らないだけで、他にもそういうことがあるのかもしれない。そのことがひどく気になったけれども、こちらからその傷の在《あ》り処《か》を暴くような真似だけは、したくなかった。

もしもいつか、貴一がいろんなことを自分で感じて、智幸に話したいと思ったときに、話してくれればいいなとは思うけれど。

「それと花火のことも……ごめん。一緒に見ようって、俺が言ったのにさ…」

ただの勘違いだったとはいえ、結果的に約束をすっぽかしたのは貴一ではなく、智幸のほうということになる。

わざわざ京一郎に頼んで、智幸の実家へ電話させていたことから見ても、貴一は別に約束を忘れていたわけではないのだろう。それを思うといまさらながらに罪悪感が疼いた。

文句を言われても仕方がないと思って謝ったのだが、貴一はやっぱりいつものように涼しい顔をしたまま、謝る智幸の頭をくしゃりと撫でただけだった。

「別にいい。もう戻ってきてるんだし」

ポツリと呟いたその一言に、どれだけの想いがこめられているのだろうかと思って、目を閉じた。貴一はいつも多くを望まないけれども、戻ってくればそれでいいなんて、そんな少し淋しくて、切ないことを言わせてしまった事実に深く反省する。

そしてそれと同時に、胸が少し高鳴った。

自分の前でだけは、酒を飲みたくないと言っていた貴一。自惚《うぬぼ》れかもしれないけど、それってつまり、それだけ自分を大切に思ってくれているってことなんじゃないだろうか。

「どうした?」

次第に緩みそうになる口許を手で押さえると、貴一はひょいと顔を覗き込んでくる。

「俺が……単純すぎるのかもしれないけどさ。お前ってときどきほんとに、俺を喜ばせるのが上手なんだもんな」

これでは、いつも負けてしまっても仕方がないだろう。

言いながら智幸がひょいと肩を竦めると、貴一は少し考え込むように複雑な顔をしていたが、やがて小さく口を開いた。

「それって……もしかして、アレの話か?」

「あれって？」

「上に乗ってみたら、かなりよかったってことなんじゃ……？」

「……誰もそんなことは言ってない！」

その話がなにを指しているのかに気づいた瞬間、智幸は真っ赤になって、貴一の頭を遠慮なく殴っていた。しかし当の本人は、かなり真面目《まじめ》に尋ねていたようで、不思議そうな顔をしながら殴られた部分をさすっている。

こういう鈍いところには、本気で腹が立つことがある。けれども、そんなところも好きだから仕方ないなと思っている自分を、やっぱり終わっているとも思う。

恋とは、もしかしたらそんなものなのかもしれないけれど。

「あ、そうだ。そういえばさっき見つけたんだけど……」

突然、その存在を思い出した智幸は、端に追いやられていた紙袋へ手を伸ばすと、中の土産を探るようにして口を開いた。京一郎に中を見せようとしたときに発見したのだが、姉が土産代わりに詰めておいてくれたのは、どうやら巨峰だけではなかったらしい。

従兄弟たちとやったときに、余ったものなのだろう。小さな赤い取っ手のついたものや、細長い棒状のものが、いくつかその脇にまとめてあった。

「花火？」

「うん。たいした量じゃないけど、今度庭で一緒にやろうよ。これじゃ足りなかったら、また買ってくればいいし」

「別にやるのはいいけどな…」

花火大会をすっぽかしてしまったお詫《わ》びもこめて誘ったのだが、貴一自身は別に花火に特別思い入れなどないらしく、智幸が誘うならつきあってもいいといった様子である。

「あのさ、綺麗なもの見るとなんか得した気分になるだろ。そうするとちょっとずつ寿命が延びるんだってさ。得した気分のまま長生きなんて、ちょっとすごいと思わない?」

あまりやる気のなさそうな背をポンと叩いて、智幸はニッと笑ってみせた。

できるなら——この人が生きていく中で、少しでもよかったと思える瞬間が重なっていけばいいと、心の中で強くそう願う。

自分は貴一と一緒にいられるだけで、ふとした折にたくさんの幸せをもらっている。綺麗だと思うことも、得したと感じることもある。

だけど自分だけが幸せならそれでいいとは、どうしても思えないのだ。

貴一が与えてくれる以上のものを、少しでも返してあげられたらいいのにと、本気でそう思っている。自分の存在で、他人を幸せにしてやれることができたらなんて、考えること自体、おこがましいのかもしれないけれど。

「なぁ、貴一」

それから、いつものように効きすぎたクーラーから逃れるようにして、二人でひとつの布団へと潜り込む。

部屋の外はすでに明るくなりかけていたが、照明を消そうとして腕を伸ばした背中へそっと呼びかけると、貴一はなんだというような顔で振り返った。

「好きだよ」

呟くと、一瞬驚いたような顔をしてみせたが、貴一は照れたように笑って『うん』と頷いてくれた。それだけで、なんだかひどく幸せな気分になっている。

改めて振り返ってみれば、やっぱりまだ貴一からは、同じ言葉を返してもらえてはいないのだけれど。その分、目には見えて計れない大切なところで、たくさんの暖かなものをもらっているような気がする。

もしかしたら好きだと言ってもらえていない自分のほうが、普通の人の何倍も幸せなのかもしれないな…などと思いながら、智幸は恋人の隣で静かに目を閉じた。

あとがき

こんにちは、可南です。今回はまたもやバカップルネタで、楽しくやらせていただきました。ありがとうございます。少しずつ成長していく恋人同士を書きたかったのですが、貴一に関しましては、みなさまから『ひよこ男』だなんだといわれ、書下ろしではなぜか犬くさいイメージに……。ええと、いつになったら人間に？（笑）

それと最近、ぽろぽろと言われるようになって気がついたことがあるのですが、なぜか私の書く話は、どこか地味くさいらしいです。たとえどんなに派手な設定にしたとしても。いわれてみれば確かに今回も、大学の男子寮などという未知なるステキゾーンであるにも関わらず、やってることといえば掃除に洗濯、レポートぐらい…。

なんでだ、自分。

ちょっと心配になったりもしたので、周囲の人々に『ねぇ、私の作風ってそんなに地味な感じかしら？』と尋ねてみたのですが、書き下ろしに至っては『ああ、確かに地味というか……所帯じみてるよね』とトドメをいただいてしまいました。ガーン。ソ、ソウデスカ。もしかして、寮がオンボロなのがまずかったのか…(そういう問題ではない)。まぁ、その分はイラストの麗しさでカバーということで。ありがとう、たつねちゃん。

今回、はじめてお仕事組ませていただいて、ある意味色々と楽しかったです。ふふふ、いつかは一緒に仕事をしようと話していた野望が、一つ達成できました！

もちろん、たくさんのご協力をくださった編集部様、作品を読んでくださる読者様にも、いつも頭が上がりません。ありがとうございます。ここのところずっと、お手紙のお返事など滞っておりますが、いつかなんらかの形でおかえしできればなと思っております。もうしばらくお待ちくださいませ。

この二人の話は、もう少しだけ続けさせていただくかもしれませんので、ご意見やご感想などありましたら、聞かせていただけると嬉しいです。

では、またいつかどこかでお会いできることを祈っております。

可南さらさ　拝

◆初出一覧◆

ちゃんと待ってる（シャレード2002年1月号・3月号）
君を待ってる（書き下ろし）

CHARADE BUNKO
ちゃんと待《ま》ってる

［著　者］可南《かなん》さらさ
［発行所］株式会社 二見書房
東京都文京区音羽 1−21−11
電話 03（3942）2311［営業］
03（3942）2315［編集］
振替 00170−4−2639
［印　刷］株式会社堀内印刷所
［製　本］ナショナル製本

落丁・乱丁本はお取り替えいたします。
定価は、カバーに表示してあります。

ISBN4−576−02100−1
http://www.futami.co.jp

作品募集のお知らせ

■ 小説 ■

シャレード文庫では皆様の小説原稿を大募集しております

【募集作品】男の子同士、男性同士の恋愛をテーマにした作品（同人誌作品可）
【応募資格】新人、商業誌デビューされている方問いません
【原稿枚数】400字詰原稿用紙250～400枚（ワープロ原稿の場合20字×40行で印字）
【締切】随時募集中です
【採用の通知】採用、不採用いずれの場合も寸評付きで結果をご報告します。お返事には時間のかかる場合もあります。採用者には当社規定の印税をお支払いいたします
【応募要項】別紙にタイトル、本名＆ペンネーム（ふりがなをつける）、住所、電話番号、年齢、職業、投稿歴（商業誌仕事歴）、400字詰原稿換算枚数を明記して、原稿にクリップなどでとめてお送り下さい（Charade誌に書式の整った応募用紙がついています）※その他、詳細についてはCharade（奇数月29日発売）をご確認下さい

■ イラスト ■

隔月刊誌Charade、シャレード文庫ではイラストのお持ち込みも募集しております。掲載、発行予定の作品のイメージに合う方には随時イラストを依頼していきます。新人、デビュー済問いません

【応募】・小説作品のイラストとして①～④が含まれたモノクロ1色の原稿のコピーをお送り下さい。①背景と人物が入ったもの　②人物に動きのあるもの　③人物のバストアップ　④Hシーン（①～④の素材はCharade、シャレード文庫の作品、もしくはまったくのオリジナル。いずれも可）・別紙にご連絡先を明記のこと
【原稿サイズ】A4　※原稿の返却はいたしません。コピーをお送り下さい

宛先　〒112-8655 東京都文京区音羽1-21-11
二見書房　シャレード編集部「小説作品募集」・「イラスト応募」係